Friedrich Nies

Beiträge zur Kenntnis des Keupers im Steigerwald

Friedrich Nies

Beiträge zur Kenntnis des Keupers im Steigerwald

1. Auflage | ISBN: 978-3-75251-078-2

Erscheinungsort: Frankfurt am Main, Deutschland

Erscheinungsjahr: 2020

Salzwasser Verlag GmbH, Deutschland.

Nachdruck des Originals von 1868.

BEITRAEGE

ZUR

KENNTNISS DES KEUPERS

IM

STEIGERWALD.

VON

FRIEDRICH NIES.

Mit 2 Holsschnitten und 2 lithographirten Tafeln.

WUERZBURG.

A. STUBER'S BUCHHANDLUNG.

1 8 6 8.

VORWORT.

Die folgenden Zeilen machen nicht entfernt Anspruch darauf, eine erschöpfende Darstellung der reichen Keuperbildungen Franken's zu liefern. Es sind eben nur „Beiträge", die sich weder auf die gesammte Formation erstrecken (denn die kärglichen Notizen über die höher gelegenen Glieder des Keupers sind nur des Zusammenhanges wegen beigefügt), noch auch das in den untern Etagen gegebene Material vollkommen verarbeiten.

Wenn der Verfasser demungeachtet nicht zögert, die Arbeit einer schonenden Kritik des mineralogischen Publikums vorzulegen, so geschieht es, weil ihm in den Specialprofilen der untern Schichten und in den Parallelisirungen unsers fränkischen Keupers mit dem anderer Länder ein, wenn auch bescheidenes Resultat vorzuliegen scheint, das ihm selbst Veranlassung genug zur Fortsetzung seiner Studien über denselben Gegenstand sein wird.

Bei den Untersuchungen wurde der Verfasser auf die liebenswürdigste Weise von Vielen unterstützt. So namentlich und vor Allen von seinem verehrten Lehrer, Herrn Professor Sandberger, der von Anfang an den einzelnen Phasen der Arbeit mit freundlicher Aufmerksamkeit gefolgt ist, stets bereit, mit Rath und That den Verfasser zu unterstützen, wofür derselbe auch hier seinen wärmsten Dank ausspricht.

Herr Inspector **Zelger** stellte mit grosser Liberalität das bedeutende auf seinen Berufsreisen gesammelte Material zur Verfügung. Auf den Excursionen war Herr Anstaltsarzt **Kress** in Kloster Ebrach oft ein unermüdlicher Führer, wie ja seine Arbeiten unser Gebirge in zoologischer und botanischer Hinsicht dem wissenschaftlichen Publikum bekannt gemacht haben. Bei vergleichenden Studien in Würtemberg ist der Verfasser den Herren Professor **Kraus** und Baurath **Binder** in Stuttgart, Fabrikant **Deffner** in Esslingen und Bauamtsassistenten **Haug** in Weinsberg für freundliches Entgegenkommen auf das Wärmste verbunden.

Auch ihnen Allen wiederholt der Verfasser an diesem Orte den gebührenden Dank.

Würzburg, den 4. August 1867.

N.

EINLEITUNG.

~~~~~~~~~~

Der *Main* verlässt nach Aufnahme der von Süden kommen-
den *Regnitz* bei *Bamberg* plötzlich seinen bisherigen südlichen
Lauf und wendet sich, der ihm neu zugeführten Wassermenge
nachgebend, nach Westnordwest bis er bei *Schweinfurt* wieder
südlich biegt, um von *Marktbreit* nach kurzem, rein westlichem
Laufe in nordwestlicher Richtung *Würzburg* zuzueilen. Durch
diesen von *Bamberg* bis *Schweinfurt* ungefähr westlichen, von
da bis *Marktbreit* südlichen Lauf des *Mains*, im Verein mit
der von Süden nach Norden strömenden *Regnitz*, wird ein
nach Süden offenes und hier durch keinen bedeutenderen Wasser-
lauf abgegränztes Viereck gebildet, in welchem die Höhen
liegen, die die Geographie als **Steigerwald** verzeichnet.

Geologisch freilich lassen sich diese geographischen Gränzen
nicht aufrecht erhalten, indem nördlich auf dem rechten Ufer
des *Mains* die *Hassberge* und südlich von einer *Marktbreit* am
Main mit *Forchheim* an der *Regnitz* verbindenden Linie der
Hohe Steig durch eine vollkommen übereinstimmende geologische
Beschaffenheit mit unserm Gebirge auf das Innigste verknüpft
sind.

Die allgemeine Configuration des Gebirges ist namentlich
für seine Ränder nach Nord, West und Süd eine sehr charak-
teristische und gleichartige, so dass der *Frankenberg* im Süden,

1

der *Schwanberg* und die Berge um *Castel* im Westen, der *Zabelstein* und die beiden *Knetzberge* im Norden dem Auge des Beschauers ein fast identisches Bild darbieten. Aus einem ziemlich ebenen Plateau, von dem obersten Gliede der Letten-kohlenformation, dem Gränz-Dolomit gebildet, erheben sich die untersten Gyps- und Lettenschichten des Keupers zu kleinen, dem höhern Gebirge dicht angelehnten Vorbergen, hinter denen sich die obern Schichten mit einer stets zu erkennenden Terras-sirung in eleganten Linien zur Höhe des Gebirges schnell auf-bauen, welches von dem vielgepriesenen Walde[1]) gekrönt wird, der das Innere des Gebirges gleichförmig überzieht, mehr zur Freude des Nationalökonomen und Forstmanns, als zu der des Geologen, denn die obern Schichten, welche die letzte sanfte Aufkuppung des Gebirges bilden, gehen fast ganz in „Waldes-dunkel" verloren.

Anders ist das landschaftliche Bild gegen Osten zu. Hier verschwindet die schöne Terrassirung, welche den „Steilrand" gegen Norden, Westen und Süden bildet und ganz allmälig senkt sich das Gebirge zur *Regnitz* herab. Es ist diese Ver-schiedenheit begründet in dem Einschiessen der Schichten gegen Osten, welches die den steilen Abfall bedingenden Lagen in den Boden verschwinden lässt, so dass selbst das tief ein-schneidende Flussthal der *Regnitz* bloss die oberste Etage des Keupers entblösst.

Im Innern des Gebirges unterbricht den Wald und das Hochplateau eine Reihe weiter, grasiger, gewöhnlich aber wasserarmer Thäler, die in ihrer weitaus grösseren Anzahl von

---

[1]) Die Acten des Forstamts *Ebrach* bezeichnen als die beiden schönsten Bäume des Waldgebirges die Königsbuche bei *Ebrach* (136 Fuss ganze Länge, 86 Fuss Schaftlänge, 55 Zoll unterer, 46 Zoll mittlerer, 35 Zoll oberer Durchmesser des Stammes), und eine Eiche im Revier *Winkelhof* von 105 Fuss ganzer Länge bei 70 Fuss Schaftlänge und 45 Zoll unterem, 36 Zoll mittlerem und 29 Zoll oberem Durchmesser des Stammes.

West nach Ost verlaufen und ihre allerdings geringe Wasser-
masse der *Regnitz* in unter einander fast parallelem Laufe zu-
senden, während dem *Main* im Norden und Westen nur wenige
und noch unbedeutendere Bäche zueilen. Die *Aurach*, die *rauhe*
und *Mittel-Ebrach*, die sich vor ihrer Mündung in die *Regnitz*
in der Gegend von *Burgebrach* vereinigen, die *reiche Ebrach*
und die *Aisch* sind solche durchschneidende Flüsschen, deren
trennende Wasserscheiden der Wanderer beim Durchschreiten
des Gebirges von Nord nach Süd übersteigen muss, da ihr allgemeiner Lauf von West nach Ost, oder wenigstens, wie der
der *Aisch* von Südwesten nach Nordosten gerichtet ist. Die
Wasserscheide gegen den *Main* im Westen und Norden wird
dadurch diesem bedeutend nahe gerückt, und so erheben sich
denn auch hier am Rande in verhältnissmässig geringer Entfernung vom Mainufer die höchsten Punkte unsers Gebirges.
Wir finden hier gegen Norden den *Knetzberg* (1539 Fuss), als
vorspringendes Eck im Nordwesten den *Zabelstein* (1477 Fuss),
am westlichen Rand den *Friedrichsberg*, den *Schwanberg* (1452
Fuss) und im Süden endlich den *Hohenlandsberg* (1550 Fuss)
und den *Frankenberg* (1567 Fuss).

Dies in wenigen, dürftigen Zügen das allgemeine topogra-
phische Bild unsers Gebirges.

ALLGEMEINE GLIEDERUNG

des

KEUPERS IM STEIGERWALDE.

Dem Gränz-Dolomite als dem obersten Gliede der Letten-kohlen-Formation lagert sich die unterste Etage des Keupers: Gypse und bunte Letten auf, die in manchfaltigem an ver-schiedenen Beobachtungsstellen nicht constantem Wechsel auf-treten und eine Reihe fester dünner Steinmergel-Bänke führen, von denen einige sich als wirkliche geologische Horizonte an den verschiedensten Fundorten, und zwar nicht bloss fränkischen, erwiesen haben. Während nach unten der Gyps vorwaltet, gegen die Mitte noch immer in zahlreichen Nestern auftritt, wird er nach oben seltener und seltener und macht Einlagerungen von kleinen, dünnern Sandsteinlagen Platz, den Vorboten der zweiten Etage.

Diese nimmt der technisch wichtige Schilfsandstein ein, der allenthalben, in zum Theil grossartigen Brüchen ge-wonnen wird.

Ihm folgt wiederum ein bunter Wechsel von Letten der verschiedensten Farbentöne, vorwaltend grün, roth und blau, bis-weilen auch schwarz oder grau, aber ohne Gyps (wenigstens beobachtete ich bis jetzt nur einmal Spuren von solchem in diesem Niveau) und ebenso ärmer an festen Steinmergelbänken. Nur drei dergleichen sind zwischen dem Schilfsandstein und der nächst höhern Sandstein-Etage auszuscheiden, die zudem so eng an einander liegen, dass sie sich füglich als ein zusammengehöriges System betrachten lassen, zumal da die oberste und unterste petrographisch gleich und nur von der mittleren verschieden sind. In dem behandelten Beobachtungsgebiet sind diese drei Schichten ausserordentlich constant und haben sich an den verschiedensten Punkten wiedergefunden. Wir werden sehen, dass diese Beständigkeit nicht auf *Franken* beschränkt ist.

Wiederum durch kleine, den Letten eingeschaltete Sandstein-Bänkchen im Voraus angekündigt, lagert sich den Letten der zweite Sandstein auf, der durch petrographische Uebereinstimmung und das Niveau zweifellos mit dem Semionotus-Sandstein zu identificiren ist, wenn es auch bis jetzt nicht gelungen ist, in *Franken* dieses Leitfossil zu entdecken.

Die genaue Profilirung der bisherigen Etagen, die Entfernung der Steinmergel-Bänke von einander, ist nicht immer durch directe Messung zu erhalten, da nur in den Steinbruchswänden der Sandsteine senkrechte Durchschnitte gegeben sind, welche ein Anlegen des Massstabes erlauben. Im Uebrigen ist man zur Gewinnung der Abstände der Steinmergelbänke von einander und von den Sandstein-Etagen auf die Hohlwege und Wasserrisse angewiesen und muss mit dem Nivellirinstrument arbeiten, natürlich mit Berücksichtigung des Fallens der Schichten, da man ja nicht den auf den Horizont senkrechten Abstand der Schichten, sondern den zu der Ebene des Streichens und Fallens verticalen sucht. Der Besprechung der bei diesen Messungen befolgten Methode habe ich ein besonderes Anhangs-Capitel gewidmet, einmal weil ich mich verpflichtet glaubte, nicht nur die Resultate, sondern auch die Methode, durch welche dieselben gewonnen wurden, der Kritik vorzulegen, dann aber auch, weil es doch nicht ganz ausserhalb der Möglichkeit liegt, dass dem einen oder andern Geologen, der unter gleichen, der directen Messung hinderlichen Verhältnissen Profile aufzustellen gezwungen ist, die Formeln eine willkommene Zugabe sein könnten.

Macht die örtliche Ungunst der Verhältnisse die Profilirung schon in diesen untern Etagen bis zum Semionotus-Sandstein wenn auch nicht zu einer schwierigen, so doch zu einer zeitraubenden Arbeit, so steigert sich diese Ungunst für geologische Beobachtungen in den höhern Etagen durch die Bewaldung noch weit bedeutender. Inmitten der herrlichen, das gesammte Innere des *Steigerwaldes* mit Ausnahme der das Gebirge durchsetzenden Thäler überziehenden Wälder stösst man nur selten auf kleine Entblössungen, die namentlich den Bezug auf schon bekannte tiefere Schichten fast nie ermöglichen. Wenn nicht durch den Besuch auch der bis jetzt der Untersuchung noch nicht unterlegenen Partien unverhofft der Beobachtung günstigere Punkte aufgefunden werden, würden sich für die höhern Partien des Schichten-Complexes nur wenige sichere Anhaltspunkte aufstellen lassen, namentlich so lange Curvenkarten oder wenigstens einiger Massen detaillirte Höhenangaben [1]) fehlen.

Das, was bis jetzt als sicher für diese Etage anzuführen ist, beschränkt sich darauf, dass über dem Semionotus-Sandstein und unter dem ächten Stubensandsteine der *Bamberger* Gegend noch eine zwischen gelegene Sandstein-Etage constant zu sein scheint, die sehr verkieselte Lagen aufzuweisen hat und als besonders charakteristisch eine auf ihrer untern Fläche mit Steinsalz-Pseudomorphosen übersääte, und dass ausserdem in diesem Niveau Bänke von kalkigen und dolomitischen Gesteinen ebenfalls auftreten. Ein in diese Höhe gehörendes kleines Profil aus der Gegend von *Buch* bei *Kloster Ebrach* ist Alles, was von Messungen in diesen obern Schichten bis jetzt dargeboten werden kann.

Die Profile wurden für die Schichten von dem Gränz-Dolomit der Lettenkohlenformation bis zu der als „Bleiglanzbank" eingeführten und unten näher zu besprechenden Schicht in der Gegend von *Hüttenheim* gewonnen, wo Gypsbrüche, die bis zum Lettenkohlen-Dolomit abgebaut werden, Gelegenheit bieten, Signalpunkte auf dessen oberer Begränzungs-Ebene zu gewinnen,

---

[1]) Wie verlautet haben wir solche von dem um die fränkische Localgeologie hochverdienten Professor Schrüfer zu erwarten.

sowie der sogenannte *Herdweg* die Schichtenfolge bis zu der
vielleicht im ganzen Keuper am besten charakterisirten Bank
mit Bleiglanz etc. zeigt. Von der Bleiglanzbank bis zum Schilfsandstein aufwärts waren die Schichten sehr gut in dem Hohlweg zu beobachten, der sich von der Ziegelscheune bei *Iphofen*
in die Schilfsandsteinbrüche am *Schwanberg* hinaufzieht, dem
gebräuchlichen Weg für die Besteiger des oft besuchten schönen
Aussichtspunktes von *Iphofen* aus.

Die Messungen des Schilfsandsteines waren mit Sicherheit
und Leichtigkeit in den schönen Brüchen des *Schwanberges*
vorzunehmen; dagegen wurde für die Nivellirung der Letten
zwischen Schilfsandstein und Semionotus-Sandstein ein Hohlweg
von dem Orte *Schönaich* bei *Oberschwarzach* nach der sogenannten *Schönaicher Höhe* hinauf gewählt, weil er steiler und
deshalb mit weniger Aufwand horizontaler Erstreckung die zu
bestimmenden Schichten durchschneidet, als der Weg, der am
Schwanberg von den tiefern Schilfsandstein - Brüchen zu dem
höhern Semionotus-Sandstein-Bruch (am sogenannten *Horn*) führt,
der aber dieselbe Reihenfolge der Schichten erkennen lässt.

Hauptaufgabe bei der Fortsetzung der Profilirungsarbeiten
muss und wird sein, Control-Profile aufzufinden und zu vermessen, um zu sehen, ob und welche Schichten einer vollkommenen Constanz der Mächtigkeit unterliegen, ob und welche
Schichten in dieser ihrer Mächtigkeit variiren. Theoretisch
lässt sich annehmen und findet auch in oberflächlichen Augen-
massschätzungen Bestätigung, dass es namentlich die untern,
Gyps führenden Schichten im Verein mit den Sandstein-Etagen
sind, die in ihrer Mächtigkeit Schwankungen zeigen. Die einzelnen härteren Bänke unterliegen, obgleich sie, theilweise
wenigstens, an sehr vielen Beobachtungsstellen aufgefunden
wurden, nur Differenzen, die sich durch eine etwas mehr oder
weniger günstige Gelegenheit zum Messen erklären lassen, so
dass bei neuen Profilen etwa aufzufindende Mächtigkeits-Differenzen
auf die, die festen Steinmergelbänke trennenden bedeutenden
Letten- und Sandsteinschichten sich beschränken dürften.

In dem folgenden auf Tafel I. dargestellten Profile sind die an drei verschiedenen Punkten durch Nivellirung und Berechnung und in den Steinbrüchen des *Schwanbergs* durch directe Vermessung gefundenen Werthe der Mächtigkeiten an einander gestossen, so dass man ein Gesammtbild der Gliederung des vermessenen Theils unsers fränkischen Keupers von o b e n n a c h u n t e n erhält:

VI. Semionotus - Sandstein.

V. Bunte Letten mit einzelnen Steinmergelbänken zwischen Schilf- und Semionotus - Sandstein:

52. Bunte Letten	0,59
51. Dünne Sandsteinbank (Vorläufer des Semionotus-Sandsteins). . . .	0,12
50. Bunte Letten	7,26
49. Dichte Steinmergelbank mit Concretionen ähnlichen Einschlüssen .	0,10
48. Bunte Letten	0,62
47. Krystallinische Steinmergelbank mit Petrefacten	0,25
46. Bunte Letten	2,27
45. Dichte Steinmergelbank mit Nr. 49 übereinstimmend	0,09
44. Bunte Letten	18,71

Mächtigkeit der Etage zwischen Schilf- und Semionotus-Sandstein . . .	30,01

IV. Schilfsandstein mit einzelnen Lettenbänken:

43. Sandstein		0,10
42. Sandige Letten als Zwischenlagerung		2,00
41. Sandstein		0,40
40. Sandige Letten von gleicher Beschaffenheit wie Nr. 42		0,25
39. Sandstein		0,12
Latus	2,87	30,01

		Transport	2,87	30,01
38.	Sandige Letten wie Nr. 42 und 40 .	0,25		
37.	Sandstein	0,30		
36.	Sandige Letten wie Nr. 42, 40 und 38	0,35		
35.	Sandstein	0,75		
34.	Sandige Letten, wie oben wiederholt	0,17		
33.	Sandstein	1,75		

Mächtigkeit der Schilfsandstein-Etage .   6,44

III. Bunte Letten mit Gyps und einzelnen Steinmergelbänken zwischen der Bleiglanz-Bank und dem Schilfsandstein:

32.	Bunte Letten mit dünnen Sandstein-bänkchen, den Vorläufern des Schilfsandsteins	5,57
31.	Graue, festere Bank	0,08
30.	Bunte Letten	13,15
29.	Dunkelgraue bis schwarze, festere Bank	0,20
28.	Bunte Letten	27,28
27.	Graue, dichte Letten	0,03
26.	Bunte Letten	0,50
25.	Knollige Bank	0,07
24.	Bunte Letten	1,23
23.	Steinmergel mit Fischschuppen und Estheria	0,10
22.	Bunte Letten	2,11
21.	Harte, quarzige Steinmergelbank .	0,26
20.	Bunte Letten	3,10
19.	Schaumige Bank , ...	0,04
18.	Bunte Letten mit Gyps in Schnüren und Nestern	0,19
17.	Graue Steinmergelbank	0,04
16.	Bunte Letten mit Gyps	29,64

Latus 88,59   36,45

| | Transport 83,59 | 36,45 |

15. Geschlossener Gyps 11,79
14. Parallelepipedisch abgesonderte Steinmergelbank 0,06
13. Geschlossener Gyps 0,60
12. Bunte Letten mit wenig Gyps . . 52,13

Mächtigkeit der Letten zwischen der Bleiglanzbank u. d. Schilfsandsteine   148,17

**II. Bleiglanz-Bank und Bank der Myophoria
Raibliana:**

11. Steinmergel mit Bleiglanz etc. . . 0,15
10. Schwarze fette Letten 0,10
9. Steinmergelbank mit Myoph. Raibl. etc. 0,03

Mächtigkeit der Bänke mit Myoph. Raibl.,
  Bleiglanz etc.   0,28

**I. Gyps und bunte Letten zwischen dem
Gränz-Dolomit u. d. Bleiglanz-Bank:**

8. Bunte Letten 9,39
7. Steinmergelbank 0,06
6. Bunte Letten 3,49
5. Dolomit 0,10
4. Bunte Letten 7,56
3. Gyps 9,71
2. Parallelepipedisch abgesonderte Steinmergelbank 0,04
1. Gyps 2,75

Mächtigkeit der Gypse und bunten Mergel
  zwischen d. Lettenkohlen-Gränz-
  Dolomit und der Bleiglanz-Bank   33,10

Gesammtmächtigkeit des Keupers von dem
  Gränz-Dolomit, dem obersten Gliede
  der Lettenkohlenformation, aufwärts
  bis zur untern Gränze des Semionotus-
  sandsteins   218,00

Für die ungefähre Richtigkeit der aus 52 Einzel-
messungen bestimmten Gesammtmächtigkeit von 218 Meter für
den Keuper von der obern Gränze des höchsten Gliedes der
Lettenkohlenformation bis zur untern des Semionotus-Sandsteins
haben wir eine Controle in der Differenz zwischen der Höhe
des *Schwanbergs* (1452 Fuss über dem Meere) und der des
Ortes *Rüdelsee* (729 Fuss), denn *Rödelsee* liegt etwas über
dem Gränz-Dolomit, die Spitze des *Schwanbergs* ragt aber dafür
in den Semionotus-Sandstein hinein. Bei einem Vergleich der
211 Meter dieses Höhenunterschieds mit der gemessenen Gesammtmächtigkeit von 218 Meter ergeben sich 7 Meter zuviel
auf Seite der Messung. Die Möglichkeit eines Fehlers von
0,13 Meter kann man für einzelne Aufstellungen des Nivel-
lirinstruments unbedingt zugeben, da nämlich, wo der Hohlweg
nur eine approximative Bestimmung des Gränzpunktes zweier
sich berührender Schichten zulässt. Ebenso leicht kann aber
die Differenz auf Rechnung der Nicht-Constanz der Gyps-
Mächtigkeit geschoben werden, da ja, wie oben bemerkt, die
Messung des untern Theils des Profils bis zur Bleiglanzbank
nicht bei *Rödelsee,* sondern bei *Hüttenheim* am *Frankenberg*
vorgenommen ward.

GRAENZ - DOLOMIT.

Die Unterlage unsrer Keuperbildungen, das Plateau, auf denen diese sich terrassenförmig aufbauen, wird allenthalben von einem Dolomit gebildet, der nach dem Vorgange competenterer Richter die Lettenkohle als letzte Bildung schliesst, und daher den Namen Gränz - Dolomit führt. Obgleich das Material, welches zu einer eingehenderen Beschreibung dieser namentlich in paläontologischer Hinsicht sehr interessanten Schichte gehört, noch nicht vorhanden, so möge doch auch ihr eine kurze Betrachtung gewidmet sein, weil sich Analogien mit alpinen Schichten darbieten, die die grösste Aufmerksamkeit verdienen.

Obgleich unser Dolomit sehr varietätenreich ist, so ist er doch im Allgemeinen gut genug charakterisirt, um an allen Stellen seines Vorkommens leicht und ohne Irrthum erkannt zu werden, und es gehört schon einige Virtuosität dazu, ihn mit dem Schaumkalk des Wellenkalkes zu verwechseln, wie in einer vor Jahren in Leonhard's und Bronn's Jahrbuch erschienenen Abhandlung über geologische Vorkommnisse hiesiger Gegend in Bezug auf einen Fundort geschehen ist.

Die Farbentöne des Gesteins sind die manchfaltigsten Mischungen von Grau, Gelb bis Rostbraun, bald ist das Gestein ein förmlich „zoogenes", indem es ein reines Muschelconglomerat, namentlich häufig der Myophoria Goldfussi, darstellt, bald fest krystallinisch, bald weit erdiger, bald endlich ausgezeichnet oolithisch. Grössere und kleinere Drusen hat das Gestein fast

stets aufzuweisen; werden sie grösser und seltener und kleiden
sie sich dabei mit Braunspath- oder Kalkspath-Krystallen aus,
so liegt mitunter eine Verwechselung mit dem unter dem
Hauptsandsteine einbrechenden Drusen-Dolomit sehr nahe (Dittingsfeld, Waigolshausen). Die die Drusen oft erfüllenden
Krystalle sind mitunter mit einer schwarzen, pulverigen Masse,
bisweilen nur hauchartig, überzogen, welche auf Mangan reagirt.

Die qualitative Analyse des Gesteins von verschiedenen Fundorten ergiebt einen bald sehr geringen (so besonders
bei dem krystallinischen Dolomit von Kleinlangheim), bald
ziemlich bedeutenden (oolithische Varietät von Kleinlangheim)
Rückstand eines in Salzsäure unlöslichen Silicats. Die Lösung
zeigt Eisen, Kalk und Magnesia, wobei die letztere bei eiuigen
Varietäten in so geringem Grade niedergeschlagen wird (z. B.
bei der krystallinischen Varietät von Kleinlangheim), dass man
fast an der Berechtigung des Namens „Dolomit" zweifeln könnte.
Die Gesteine aller Fundorte ergaben einen spurenweisen, durch
einfaches Auskochen nachzuweisenden Gehalt an Chlor, zweifellos
auf Kochsalz zu beziehen, dagegen ist ein ebenfalls in Spuren
auftretender Gehalt an Schwefelsäure kein allgemeiner, indem
mehrere Fundorte keine Schwefel-Reaction liefern.

Durch v. Bibra [1]) sind von unsern fränkischen Gränz-
Dolomiten die von Schwebheim und Dürrfeld [2]) quantitativ

[1]) Erdmann und Marchand, Journal für praktische Chemie.
19. Bd. 1840 pag. 86 u. f.

[2]) v. Alberti glaubt in seiner Halurgischen Geologie, Stuttgart
und Tübingen 1852. 1. Bd. pag. 482 diese Analysen auf Trigonodus-
Dolomit beziehen zu müssen, ein Versehen, welches lediglich auf
Rechnung v. Bibra's kommt, der, wie bei dem damaligen Stand der
Kenntniss unserer Formation (1840!) kaum anders zu erwarten, die
Horizonte nicht klar auseinander hält, wie denn auch die verschiedenen
Sandstein-Etagen in der v. Bibra'schen Arbeit nur nach den Fundorten
zu erkennen sind.

analysirt worden. Gmelin [1]) hat aus derselben Etage württem-
bergische Gesteine untersucht. Beider Analysen liefern, über-
sichtlich zusammgengestellt, folgende Resultate:

Analytiker.	Fundort.	Kohlens. Kalk.	Kohlens. Magnesia.	Thonerde.	Eisenoxyd.	Kiesels. Thon, Sand.	Schwefel-säure.	Wasser.	Chlor und Verlust.
v. Bibra	Dürrfeld	55,3	37,0	1,4	1,2	2,6	0,3	1,2	1,0
"	Schwebheim [2])	34,53	24,72	5,7	3,6 Kohlens.	17,2	1,35	2,1	0,41
Gmelin	Waiblingen	57,81	32,41	Spur	4,27	2,73	—	0,38	—
"	Rottweil	55,79	37,23	Spur	1,64	2,33	—	0,69	—
"	Löwenstein	53,86	42,32	Spur	0,22	1,42	—	0,62	—

Das Schwanken des Magnesia-Gehalts und des unlöslichen
Rückstands ist aus den Zahlen direct zu ersehen. Die v. Bibra-
schen Analysen weisen auch den Chlorgehalt auf, der bei den
Gmelin'schen Analysen vermuthlich nur übersehen wurde. Der
Gehalt an Schwefelsäure des Dolomits von *Dürrfeld* und *Schweb-*
heim ist vielleicht auf eine beginnende Vergypsung zu rechnen,
eine Erscheinung, die weiter unten noch einer kurzen Discussion
unterzogen werden soll.

Was die Lagerung unsers Gesteins angeht, so bildet es,
wie schon oben angedeutet worden ist, das Plateau, dem der
„Steilrand", gebildet von den Schichten des ächten Keupers,
aufgesetzt erscheint, und die Ebenen, die sich westlich und
südlich vom *Steigerwald*, sowie zwischen ihm und den *Hass-*

---

[1]) Würtembergische naturwissenschaftliche Abhandlungen I. 1826.
pag. 167 und excerpirt in v. Alberti's Halurgischer Geologie pag. 418.

[2]) Die Analyse giebt im Gegensatze zu der der *Dürrfelder* Varietät
die Mengen von Magnesia, Kalk und Kohlensäure getrennt an. Zur
bessern Vergleichung ward sie umgerechnet, wobei sich 34,52 berech-
nete Kohlensäure gegen nur 30,4 gefundene ergiebt; doch darf nicht
übersehen werden, dass sich dieser Fehler durch den Umstand ver-
kleinert, dass zweifellos ein Theil der Magnesia und des Kalkes an die
vorhandene Schwefelsäure gebunden ist.

bergen hinziehen, haben ihn fast überall, nur von der Ackerkrume oder gelegentlich von ziemlich mächtigen und bedeutendes
Areal bedeckenden diluvialen Sand überlagert, aufzuweisen.
Aufschlüsse, die die Lagerung des Gesteins erkennen lassen,
sind sehr selten, denn gewöhnlich wird es in Gruben auf den
Feldern, soweit es der jedesmalige Bedarf an Steinen erfordert,
gewonnen, die nach der Benutzung als Steinbruch rasch wieder
eingeebnet werden. Ein solcher kleiner improvisirter Steinbruch
bei *Iphofen* zeigte folgendes dürftige Profil:

1. Dichte braune Lage 0,08
2. Oolithischer Dolomit in drei Schichten abgesondert . 0,90
3. Dichte braune Lage 0,08
4. Oolithischer Dolomit 0,70
5. Dichte braune Lage 0,30

Ein anderer, namentlich für die Auflagerung des Dolomits
auf den Lettenkohlenschichten interessanter Punkt bei *Waigolshausen* ward erst kürzlich mit Herrn Prof. Sandberger be-
sucht und vermessen. Soweit sich das Profil auf unsern Dolomit
bezieht, gab es folgende Resultate:

a. Ackerkrume
b. Oolithischer Dolomit mit Gasteropoden 0,35
c. Dichte braune Lage mit Lingula 0,05
d. Oolithischer Dolomit 0,45
e. Dichte braune Lage mit Lingula 0,29
f. Kohlenstreifen 0,15
g. Dolomitischer Mergel mit netzförmigen Dolomit-Adern
   und einzelnen härteren, hellgelben Bänken . . . 1,97

Vergleicht man die beiden Profile mit einander, so geben
die braunen dichten Lagen Anhaltspunkte, so dass möglicher
Weise Nr. 2 des *Iphofener* Profils mit b im *Waigolshausener*,
3 mit c, 4 mit d, 5 mit e zu parallelisiren ist, wobei nur zwischen 4 und d eine grössere Differenz vorkommt, denn die
zwischen 2 und b auftretende ist deshalb nicht weiter in Betracht zu ziehen, weil man ja nicht weiss, wie tief b, als die

oberste Schicht des Profils, der Verwitterung unterlegen ist.
Es hat dieser Vergleich als ein nur auf petrographische Merk-
male gegründeter allerdings wenig Anspruch auf Unumstösslich-
keit, da dem *Waigolshausener* Profil die Vollendung nach oben,
dem *Iphofener* der Anschluss sowohl nach oben, als nach unten
mangelt.

Die interessanteste Seite des Dolomits ist jedenfalls sein
P e t r e f a c t e n - R e i c h t h u m. Die oolithischen Lagen besonders
weisen die Versteinerungen in einer wunderschönen Erhaltung
auf, aber auch die Oberflächen der harten krystallinischen Lagen
sind mitunter bedeckt von gut bestimmbaren Exemplaren. Leider
ist ein gründliches, methodisches Sammeln in den betreffenden
Schichten bis jetzt unterlassen worden; es hat dasselbe auch
bei der angedeuteten Art und Weise des Abbaus unsres Gesteins
seine Schwierigkeit; was aber gelegentliche Funde ergaben, ist
Folgendes:

? Leiofungia sp.	Myophoria intermedia. Schaur.
Lingula tennissima Bronn.	„ transversa. Bornem. sp.
Pecten Albertii. Goldf.	Panopaea sp.
Gervillia substriata. Credner.	Natica Cassiana. Wissm.
Modiola gracilis. Klipst.	Holopella ? multitorquata. Münst. sp.
Myophoria Goldfussi. v. Alb.	Ceratodus Kaupii. Ag.
„ harpa. Münst.	Saurier – Knochen.

Ein **Schwamm**, leider so schlecht erhalten, dass er eine
nähere Bestimmung n i c h t zulässt, liegt in einem der Sammlung des Herrn Z e l g e r entnommenen Stücke von *Waigolshausen.*
Wollte man eine Form anziehen, mit welcher einige Verwandt-
schaft vorzuliegen s c h e i n t, so bieten L a u b e's [1]) Abbildungen
des F r o m e n t e l'schen Genus Leiofungia vielleicht Analoga,
deren Wahrscheinlichkeit durch die Uebereinstimmung anderer
Gränz-Dolomits-Petrefacten mit solchen aus *St. Cassian*-Schichten
gewiss um ein Bedeutendes erhöht wird.

---

[1]) L a u b e, die Fauna der Schichten von St. Cassian. I. Abtheilung:
Spongitarien, Corallen, Echiniden, Crinoiden. Wien 1865.

Lingula tenuissima Bronn ist in ihrem Vorkommen an die „braunen dichten Lagen" (im Profil von *Waigolshausen* c und e) geknüpft. v. Alberti trennt die Lingula der Lettenkohle unter dem Namen L. Zenkeri von der des Muschelkalks: es ist jedoch sehr wahrscheinlich, dass nur verschiedene Erhaltungszustände die Varietäten geliefert haben. Nehmen wir aber die Identität der beiden Species an, so ist uns in der Lingula eine der constantesten Species der Trias gegeben, denn vom Buntsandstein beginnend tritt sie durch den gesammten Wellen- und Muschelkalk bis zu den obersten Schichten der Lettenkohlenformation auf, ja sie scheint sogar noch in ächten Keuperschichten vorzukommen.

Pecten Albertii Goldf. Das schon von v. Alberti aus unsern Schichten angegebene Petrefact hat sich neuerdings bei *Waigolshausen* gefunden. Muschelkalk- und Lettenkohlenschichten begleitet es demnach bis zum Gränz-Dolomit und tritt auch, wenn anders die Deutung sehr unvollkommener Reste von *Wiebelsberg* richtig ist, im ächten Keuper noch auf.

Gervillia substriata Credner. Die an den verschiedensten Fundorten und mitunter dicht gedrängt die ganze Oberfläche eines Stückes bedeckende Gervillia ist sicher die von Credner zuerst im Jahrbuch für Mineralogie 1851. Tafel 6. Fig. 5. abgebildete und Seite 651. beschriebene Gervillia substriata. Schauroth, der in seiner Abhandlung „über die Schalthierreste der Lettenkohlenformation des Herzogthums Coburg" (Zeitschrift der d. geol. Ges. 9. Band 1857, pag. 85.) eine bedeutende Artenreduction seines Genus Bakewellia durchzuführen sucht, bildet sie als Bakewellia lineata Golf. sp. var. substriata Credner auf Tafel 5. Fig. 11. ab.

Zum ersten Male tritt sie in den Schichten des Ceratites semipartitus auf und erlischt mit dem Gränz-Dolomit.

Modiola gracilis Klipst. Exemplare von *Waigolshausen* stimmen sowohl mit der Laube'schen Abbildung (in der 2. Abtheilung, Brachiopoden und Bivalven, seines oben citirten Werkes,

2

Tafel 6. Fig. 7.), als auch mit Originalexemplaren, welche ich unter freundlicher Vermittlung des Herrn Professor S a n d b e r g e r der Güte des Herrn Dr. L a u b e verdanke, so vollkommen überein, dass einer Identificirung der *Cassian*-Form mit unserer Modiola nichts im Weg steht. Im Verein mit der weiter unten zu beschreibenden Myophoria harpa Münst. würden diese dem Gränz-Dolomite und den *Cassian*-Schichten gemeinschaftlichen Formen neue Anhaltspunkte für eine bereits von v. A l b e r t i versuchte Parallelisirung der beiden Bildungen gewähren.

Myophoria Goldfussi v. Alb. (abgebildet in v. A l b e r t i's Ueberblick der Trias. Stuttgart 1864. Tafel 2. Fig. 4., beschrieben Seite 112.) ist die bei weitem häufigste und verbreitetste Versteinerung des Gränz-Dolomits, welche von allen Fundorten geliefert wird und mitunter das Gestein geradezu allein zusammensetzt. Ebenso unterliegt sie einer bedeutenden verticalen Verbreitung. So tritt sie bei *Würzburg* schon in den Bänken des Ceratites semipartitus auf (*Schenkenschloss*, S a n d b e r g e r), wie sie auch v. A l b e r t i, abgesehen von einer für möglich erklärten Identificirung mit Myophoria fallax v. S e e b a c h zuerst aus dem Friedrichshaller Kalk angiebt. Bairdien-Bank und die untern Dolomite der Lettenkohlen-Formation enthalten sie ebenfalls und nach oben ragt sie, wie wir sehen werden, höchst wahrscheinlich in die Schichten des ächten Keupers hinein.

Sichere Varietäten - Unterschiede für die verschiedenen Niveaus nachzuweisen, ist mir nicht gelungen, denn eine mitunter bedeutender erscheinende Wölbung ist wohl andern Gründen zuzuschreiben, wenigstens scheint sie nicht bestimmten Niveaus eigenthümlich zu sein.

Myophoria harpa Münst. sp. Mit dieser von L a u b e in seinem citirten Werke auf Tafel 18. Fig. 1. abgebildeten Art stehe ich nicht an, eine zunächst in den Brüchen von *Kleinlangheim*, neuerdings aber auch bei *Waigolshausen* gefundene Species zu vereinigen, obgleich sie etwas grösser ist (c. 10 Millimeter), als die L a u b e'schen Exemplare (7 Millimeter). Die Zahl der Rippen und die feineren Querlinien zwischen denselben trennt sie von M. ornata Münst. sp., mit der sie der Grösse nach besser übereinstimmt. Es wäre übrigens sehr wünschenswerth, von dieser Species aus *Franken* noch mehr Material zu gewinnen, um ihre Zusammenstellung mit der *St. Cassian*-Art auf zahlreichere Exemplare gründen zu können, als bis jetzt von dem in *Franken* seltenen Petrefact vorliegen.

Myophoria intermedia v. Schauroth. Zeitschrift d. d. geol. Ges. 9. Bd. 1857. Seite 127. Tafel 7. Fig. 3. Ein verhältnissmässig häufigeres Petrefact, das man von *Kleinlangheim, Illesheim, Waigolshausen, Markt Einersheim* und *Iphofen* kennt, von letzterem Orte in der Sammlung des Herrn Zelger in einem Zustande der vollkommensten Erhaltung. Die von v. Schauroth eingeführte Trennung dieser Myophoria von der Myophoria elegans Dunk. ist nach den Exemplaren der hiesigen Sammlung eine vollkommen naturgemässe.

Myophoria transversa Bornem. sp. ist zuerst in Bornemann's Abhandlung „Ueber organische Reste der Lettenkohlenformation Thüringens. Leipzig 1856." auf Tafel 1. Fig. 1. und 2, dann auch in v. Schauroth's Arbeit auf Tafel 7. Fig. 2. abgebildet. *Kleinlangheim, Iphofen*, von hier in gleich schönem Erhaltungszustand wie Myophoria intermedia in Herrn Zelger's Sammlung. Vom obern Muschelkalk beginnend, tritt sie auch in den untern Dolomiten der Lettenkohle auf.

Panopaea sp. Ein Abdruck, den man mit diesem Genus vergleichen kann, ohne dass die Erhaltung eine nähere Bestimmung zuliesse, befindet sich von früherer Zeit her in der akademischen Sammlung, angeblich von *Lengfeld*.

Natica Cassiana Wissm. Die kritisch klärende Arbeit Laube's über die Fauna der *Cassian*-Schichten hat sich leider noch nicht bis auf die Gastropoden erstreckt, so dass man bei Vergleichungen in dieser Klasse namentlich auf die Münster'schen Abbildungen hingewiesen ist. Für diese Art konnten zum Glück ausser der Abbildung auf Tafel 10. Fig. 3. des

Münster'schen Werkes [1]) die Exemplare, welche die akademische Sammlung von *St. Cassian* besitzt, zu Rath gezogen werden, welche die Bestimmung dieser Form bestätigten. *Kleinlangheim*, *Waigolshausen*.

Holopella multitorquata Münst. sp. Als Melania multitorquata und Melania turritellaris sind in Münster's Beiträgen (Tafel 9. Fig. 36. und Fig. 37.) Gastropoden beschrieben, mit denen solche, die bei *Kleinlangheim* und *Waigolshausen* ziemlich häufig auftreten, übereinzustimmen scheinen, so weit die etwas unklaren Abbildungen, die zum Ueberfluss im Text pag. 96. als „nicht gelungen" bezeichnet werden, eine Vergleichung erlauben.

Ceratodus Kaupii Ag., abgebildet beispielsweise in Quenstedt's Petrefactenkunde (2. Aufl. Tübingen 1867. Tafel 16. Fig. 12.) hat sich bei *Biebergau* in Exemplaren gefunden, die mit den würtembergischen von *Hoheneck* vollständig übereinstimmen. v. Alberti und Quenstedt geben den *Hohenecker* Kalken ein verschiedenes Niveau, indem Ersterer sie an die untere, Letzterer an die obere Gränze unsres Dolomits versetzt. Leider kann ich in Bezug auf unser fränkisches Vorkommen ein bestimmtes Urtheil nicht fällen, denn eine Nivellirung, welche ich mit freundlicher Unterstützung des Herrn Grabau aus Leipzig bei *Biebergau* anstellte, um den dortigen Dolomiten mit Ceratodus die richtige Stellung anzuweisen, führte zu keinem Resultat, da sie das Vorhandensein einer Verwerfung bewies, welche einen klaren Schluss nicht erlaubte.

Saurier-Knochen finden sich ziemlich zahlreich, namentlich bei *Kleinlangheim*, gewöhnlich jedoch in verzettelten Fragmenten, welche, bis jetzt wenigstens, etwas näher Bestimmbares nicht geliefert haben.

---

[1]) Dr. Wissmann und Graf Münster, Beiträge zur Petrefactenkunde unter Mitwirkung des Dr. Braun. 4. Heft. Bayreuth 1841.

v. Alberti war es, der zuerst seinen „Kreidemergel von *Cannstatt*", zweifellos eine locale Facies bestimmter (wohl oberer) Schichten unsers Gränz-Dolomits, mit *St. Cassian* auf Grund identischer Formen der Fauna beider Fundstellen zu vereinigen suchte [1]) und so diesen alpinen Schichten in der regelmässig entwickelten ausser-alpinen Trias eine festere Stellung anwies, als in den allgemeinen Bezeichnungen „obere Trias, Keuper etc." liegt. Die *St. Cassian*-Schichten haben mit vielen andern alpinen Vorkommnissen das gemein, dass sie im Laufe der Geschichte unsrer Wissenschaft einer ziemlich verschiedenen Auffassung unterlegen sind, über die Richthofen [2]) eine übersichtliche historische Darstellung geliefert hat. Als geschichtlich interessanten Beitrag zu den Schwankungen der Meinungen über eine einzige Schichtenfolge, mögen im Folgenden die Haupturtheile zusammengedrängt wiederholt werden. Die Gerechtigkeit erfordert hiebei die Beachtung der beigefügten Jahreszahl, dass nicht den Autoren allein die Verantwortung der Meinungen zufalle, wo doch so viel auf Rechnung des Standpunkts der Wissenschaft zu stellen ist.

Den ältesten Gesteinen am Nächsten gerückt wurden die *Cassian*-Schichten durch Eichwald (1851), der sie als paläozoische Schichten auffasste, die, zusammenhängend mit Zonenunterschieden, welche das Beibehalten älterer Formen im Süden noch gestatteten, während im Norden die Fauna sich schon verändert, gleichzeitig mit dem Zechstein, ja der Trias an andern Punkten sich gebildet hätten.

Münster (1834) und Boué (1829, später jedoch anderer Ansicht) zählen sie dem Muschelkalk, Fournet (1847) der Mittel-Trias, Bronn (1852) dem obern Muschelkalk und der Lettenkohlenformation, Emmrich (1844) der Trias im All-

---

[1]) Ueberblick über die Trias pag. 20 und 284.
[2]) F. v. Richthofen, Geognostische Beschreibung der Umgegend von Predazzo, St. Cassian und der Seisser Alpe in S.-Tyrol. Gotha 1863. Seite 74—83.

ächten Gränz-Dolomits mit seinen Petrefacten zeigen, aber gänzlich in Gyps umgewandelt scheinen. Auch bei *Markt Einersheim* beobachtet man nach Stücken der Z e l g e r'schen Sammlung diese Vergypsung, namentlich an wahrhaften Muschelconglomeraten der Myophoria intermedia.

Frappant ist die Erscheinung deshalb, weil hier ein bei weitem leichter lösliches Salz das schwerer lösliche ersetzt, denn selbst bei Annahme von Wasser, das mit Kohlensäure gesättigt ist, als Lösungsmittel für den kohlensauren Kalk und die kohlensaure Magnesia würde doch nach den einschlagenden Versuchen von F r e s e n i u s und B i s c h o f [1]) die doppelte Menge kohlensäurehaltiges Wasser nöthig sein, um die gleiche Menge an kohlensaurem Kalke oder kohlensaurer Magnesia zu lösen, denn an reinem Wasser als Lösungsmittel für den Gyps [2]). Versuche über Löslichkeit des Doppelsalzes kohlensaure Kalk-Magnesia existiren meines Wissens nicht; es ist aber kaum anzunehmen, dass sich die Verhältnisse so bedeutend zu Gunsten einer grössern Löslichkeit des Doppelsalzes ändern sollten. Es scheint vielmehr der ganze Process auf einer I n f i l t r a t i o n des Gypses in die Poren und sonstigen Cavitäten des Dolomits zu beruhen. Zu erkennen giebt sich die Erscheinung durch eine sehr entschiedene Schwefelreaction, die, wie sie bei einigen der untersuchten Varietäten des Dolomits gänzlich fehlt, wenig-

---

[1]) B i s c h o f, Lehrbuch der chemischen und physicalischen Geologie. 2. Auflage. Bonn 1864. 2. Band S. 109. 124. und 194.

[2]) Kohlensaurer Kalk ist in 8834 Theilen siedenden, in 10600 kalten und in 989 bis 3149 Theilen mit Kohlensäure gesättigten Wassers je nach dem dem Lösungsmittel dargebotenen Aggregatszustande des Salzes löslich. L. c. S. 109.

Kohlensaure Magnesia in 743 — 20313 Theilen kohlensauren Wassers, je nachdem Magnesia alba oder Magnesit zum Experimente diente. L. c. S. 124.

Gyps in 460 Theilen Wassers. L. c. S. 194.

stens nie so bedeutend bei nicht mit Gyps infiltrirten Gränz-
Dolomiten auftritt. Hoffentlich ist bald Gelegenheit geboten
eine quantitative Analyse unsrer hieher gehörigen Vorkommnisse
anzustellen, welche schon den Handstücken nach von den würtembergischen Varietäten *(Asperg, Rottweil)*, deren v. A l b e r t i
Erwähnung thut, nicht zu unterscheiden sind.

GYPS UND MERGEL

bis zur

BLEIGLANZ - BANK.

Abtheilung I, Schicht 1.—8. des Profils.

1. Die Mergel.

Wollte man ein rein schematisches Bild des Aufbaus der Keuperformation in wenig Worten geben, so würde man die bunten Mergel unbedingt als die bedeutendsten Schichten, gewisser Massen als die Träger der übrigen an erster Stelle anführen müssen. Ihnen sind in mächtigen Partien Sandsteine eingelagert und in dünnen, nicht durch ihre Mächtigkeit, sondern durch ihre Einschlüsse an Petrefacten und Mineralien interessanten Bänkchen die harten Steinmergel. Die bunten Mergel sind es, welche sich in allen Niveaus petrographisch vollständig übereinstimmend wiederholen, während Sandsteine und Steinmergel in den verschiedenen Höhen eine charakterisirende Verschiedenheit zeigen, die leicht erlaubt, sie von einander zu trennen.

Bei dieser Uebereinstimmung der Mergel-Vorkommnisse von den untersten Schichten, welche der Lettenkohlenformation auflagern bis hinauf zu denen, die dem Bonebed und den tiefsten Schichten des Lias zur Unterlage dienen, wird sich eine hier zunächst blos für die Mergel der untersten Etage gegebene Betrachtung unwillkürlich auch auf die der höhern Formationsglieder beziehen müssen.

Von den Mergeln und Letten der Lettenkohlenformation
unterscheiden sich die des Keupers im Allgemeinen durch
ihre buntere Farbe, welche ihren französischen Namen „marnes
irisées" zu einer so treffenden Bezeichnung der ganzen Formation
macht. Mitunter zeigen aber auch die Lettenkohlen-Mergel
schöne bunte Farben (z. B. bei *Erlach*), wie auf der andern
Seite dunkle Färbungen auch im Keuper nicht unerhört sind.
Die manchfaltigen Farben, unter denen Roth und Grün die
erste Stelle einnehmen, sind bald so angeordnet, dass mächtige
Schläge einerlei Farbe besitzen, die scharf gegen die ihr folgende abschneidet, bald ist der einen vorwaltenden eine unter-
geordnete in scharf oder unbestimmt abgegränzten Flecken der
verschiedensten Grösse beigemengt, bald ziehen sich, Apophysen
ähnlich, Vorläufer des einen Farbentons in den andern hinüber.
v. Schauroth[1]) gibt als Regel eine grüne Färbung der
Mergel in der Nähe der Sandsteine an, eine Beobachtung, die
dem Verfasser für die Mergel des *Steigerwaldes* entgangen ist.
Binder[2]) hat in seiner Abhandlung über die geologischen Verhältnisse des *Heilbronner* Tunnels die Bemerkung niedergelegt,
dass die Letten im Innern des Tunnels, wo sie den atmosphäri-
schen Einflüssen entzogen sind, dunkler, einförmiger gefärbt
und fester auftreten. Wo sie behufs des Baus in der Nähe der
Mündung verritzt wurden, wurde auch die Farbe schnell leb-
hafter und die übrige Beschaffenheit derjenigen, welche die
gewöhnlichen Keupermergel haben, ähnlicher.

Ihrer chemischen Zusammensetzung nach zeigen
alle qualitativ untersuchten Mergel *Frankens* einen bedeutenden
in Salzsäure unlöslichen Rückstand. Der lösliche Theil reagirt
stets neben Kalk auf Magnesia und Eisen, das, wie in der
Anmerkung auf Seite 28. des Nähern gezeigt ist, sowohl als

---

[1]) Uebersicht der geognostischen Verhältnisse des Herzogthums
Coburg und der anstossenden Ländertheile in der Zeitschr. d. d. geol.
Ges. 5. Bd. 1853. S. 698.

[2]) Würtembergische Jahreshefte 20. Bd. 1864. S. 168.

Oxydul als als Oxyd auftritt. Chlorreactionen konnten bei den meisten Varietäten deutlich erhalten werden.

Quantitative Analysen fränkischen Keupermergels besitzen wir von v. Bibra ¹), würtembergischer von Gmelin²) und Xeller³).

1. Graugrün. *Grettstadt.* v. Bibra.
2. Roth. *Traustadt.* v. Bibra.
3. Grünlichgrau. *Tübingen.* Gmelin.
4. Braunroth. *Stuttgart.* Obere Schichte. Gmelin.
5. Graugrün. *Stuttgart.* Mittlere Schichte. Gmelin.
6. Roth. *Stuttgart.* Untere Schichte. Angeblich 0,40 kohlensaures Manganoxyd enthaltend. Gmelin.
7. Rothgrün. Aeussere Schicht des Tunnels von *Heilbronn.* Xeller.
8. Dunkel, unzersetzt aus dem Innern des Tunnels von *Heilbronn.* Xeller.

	1.	2.	3.	4.	5.	6.	7.	8.
Sand, Thon etc. . .	32,5	44,1	59,12	87,98	72,40	72,84	46,9	50,6
Kohlensaurer Kalk .	26,5	12,3	14,56	6,48	14,90	0,90	4,4	8,6
Kohlensaure Magnesia	13,8	11,8	19,10	7,24	11,96	11,66	31,3	25,5
Thonerde	9,9	15,0	3,92	0,86	0,48	4,40	15,3	13,1
Eisenoxyd	11,7	11,2	5,40	1,86	0,45⁴)	13,50		
Schwefelsaurer Kalk .	—	—	—	—	—	—	Spur	0,6
Wasser	5,8	5,1	—	—	—	—	2,8	1,8
Chlornatrium. . . .	Spur	Spur	—	—	—	—	Spur	0,5

¹) v. Bibra, Chem. Untersuchung einiger Formen des fränkischen Keupers und einiger ihnen aufgelagerten und sie unterteufenden Gesteine. Erdmann u. Marchand, Journal f. prakt. Chemie. 19. Bd. 1840. p. 21 u. ff.

²) C. G. Gmelin, Würtembergische naturwissenschaftliche Abhandlungen. 1. Bd. 1. Heft. p. 178. — v. Alberti, Beitrag zu einer Monographie des bunten Sandsteins, Muschelkalks und Keupers. Stuttg. u. Tüb. 1834. S. 135.

³) Publicirt in Binder's oben citirter Abhandlung pag. 178 u. 193.

⁴) Ist kohlensaures Eisenoxydul.

In den unter 7. und 8. angeführten *Heilbronner* Varietäten documentirte sich der Chlornatrium-Gehalt zudem noch durch ihnen entstammende salzhaltige Quellen.

Man sieht, alle analysirten Mergel sind reich an kohlensaurer Magnesia. Nur in dreien (Nr. 1., 2., 5.) bleibt ihre Menge hinter der des kohlensauren Kalkes zurück und unter diesen nur einmal bedeutend (Nr. 1.), während bei den übrigen der Gehalt an kohlensaurer Magnesia vorherrscht, ja auf das Zehnfache dessen an kohlensaurem Kalk steigt (Nr. 6.). Es sind also sowohl unsere fränkischen als die würtembergischen Mergel als „dolomitische" zu bezeichnen.

Dass im Eisen der am meisten färbende Bestandtheil zu suchen ist, darüber dürfte wohl kein Zweifel sein, und ebenso ist mir die von Quenstedt[1]) aufgestellte Meinung wahrscheinlich, das Grün sei Folge von Desoxydationsprocessen, veranlasst durch organische Bestandtheile, namentlich der durchsetzenden Wässer, und es stimmt damit einmal die oben erwähnte Beobachtung Binder's des Gebundenseins der Farbenmanchfaltigkeit an die dem Wasserwechsel und Oxydirungsprocessen ausgesetzten äussern Schichten, sodann die oben unter Nr. 4. angeführte Gmelin'sche Analyse, die in einem grünen Mergel Oxydul angiebt. Die Nichtanführung desselben in den übrigen Analysen beweist bei dem üblichen Gang der Untersuchung noch nicht auch das absolute Fehlen des Oxyduls in den Mergeln[2]).

---

[1]) Quenstedt, Geologische Ausflüge. Tübingen 1864. S. 67.

[2]) Dagegen lieferte eine mit allen Vorsichtsmassregeln (zuerst Zersetzung der organischen Substanz in einem Kohlensäure-Strom um Reductionserscheinungen zu vermeiden, dann Erhitzen mit Säure im geschlossenen Raum, der CO_2 enthielt, um Oxydation auszuschliessen, FeO und Fe_2O_3 neben einander, sowohl in rothen als in grünen Mergeln, so dass die Färbung lediglich auf dem Mengenverhältniss beruhen würde.

2. Der Gyps.

So manchfaltig die Färbung der Mergel ist, so manchfaltig ist ihre Verknüpfung mit dem zweitwichtigsten Gesteine dieser Etage, mit dem Gypse. Bald sind es gewaltige, deutlich geschichtete Lagen von Gyps, die auf weite Erstreckungen die Mergel gänzlich verdrängen, bald dünnere, durch bunte Mergel getrennt, bald grössere und kleinere Nester, bald endlich nur Adern, die in den seltsamsten Biegungen die Mergel durchschwärmen. Bilder, wie sie Murchison in seinem „Silurian System" [1]) über das Durchsetzen der Mergel durch Gyps - Adern und Schnüre aus dem englischen Keuper giebt, könnten an jedem Punkte unsers Keupers in gleicher Manchfaltigkeit gewonnen werden.

Was die petrographische Beschaffenheit dieses eingelagerten Gypses angeht, so ist derjenige, der in bedeutenderen Massen auftritt, körnig, gewöhnlich grau oder graulich weiss, selten schön weiss. In mitunter grossartigen Brüchen rings um unser Gebirge herum gewonnen, findet er die ausgebreitetste Verwendung als Dunggyps und als Baustein (freilich zu letzterem Zweck von zweifelhafter Güte), während eine Verwendung als Alabaster zu Bildhauerarbeiten wohl nur selten möglich ist. Die in kleinern Partien, als Nester, kleinere Stöcke etc. eingelagerten Gypse haben in ihren Farbentönen eine weit grössere Manchfaltigkeit aufzuweisen; namentlich rothe Varietäten gehören zu den gewöhnlichsten. Die Gyps-Adern sind Fasergyps, und zwar so angeordnet, dass die Fasern senkrecht zur einschliessenden Mergelmasse stehen: gewiss nichts Anderes als Ausfüllungen zufälliger Eintrocknungsspalten der Mergel durch den leicht transportabeln Gyps.

---

[1]) I. S. 81. Reproducirt ist das Bild in v. Alberti's Halurgischer Geologie 1. Bd. S. 461.

Quantitative Analysen besitzen wir von v. Bibra und zwar 1) einer blätterigen Varietät weisslichgrau von Sulzheim, 2) Fasergyps von Grettstadt.

	1.	2.
Kieselsäure	0,20	0,4
Schwefelsaurer Kalk	76,82	78,6
Thonerde	1,40	—
Eisenoxyd	Spur	—
Natron	Spur	—
Wasser	20,20	21,0.

In dem vermessenen Profil finden sich an zwei Stellen „geschlossener Gyps" in grössern Massen: Einmal direct dem Gränz-Dolomit aufgelagert (Schicht 1. und 3. des Profils) in 12,50^m Mächtigkeit, nur von einer dünnen Steinmergelbank (Nr. 2.) durchzogen, und das zweite Mal, schon der nächsten Etage über der Bleiglanzbank angehörig, mit 12,45^m Mächtigkeit, der, ebenfalls durch eine dünne Bank (Nr. 14.) in zwei Lagen getrennt, die Schichten 13. und 15. unsers Profils bildet. Es ist aber bereits hervorgehoben worden, dass gerade der Gyps den bald erscheinenden, bald verschwindenden Kobold vorstellt, dass seine Mächtigkeit variirt und ebenso die Höhen-Niveaus, in denen er seine grösste Bedeutung erhält. Es sind eben auch diese mächtigen Partien nur Linsen, den Mergeln eingelagert, von unbestimmter Erstreckung, nie in ununterbrochener Schichtung die Mergel-Straten durchsetzend. Ort und Mächtigkeit der beiden „geschlossenen Gypsmassen" gelten nur für die gerade vorliegende Localität, dürfen nur einer sehr vorsichtigen Verallgemeinerung unterzogen werden.

Das Verhalten einiger dem Gypse eingelagerten Steinmergelbänke beweist, dass auch für unsere Gypse der Keuperformation die von v. Alberti schon in seiner Monographie 1834 ange-

---

[1]) Erdmann & Marchand, Journal für praktische Chemie 1840. S. 34 u. 35.

deuteten, später in seiner halurgischen Geologie 1852 weiter ausgeführten Verhältnisse stattfinden, dass nämlich Alles darauf hindeutet, dass ursprünglich nicht Gyps, sondern Anhydrit vorgelegen habe, der sich erst durch Aufnahme von 20,9 % Wasser in Gyps verwandelt habe. Instructiv ist in dieser Hinsicht ein Gypsbruch bei *Hüttenheim*, den die beiliegende Tafel II. darstellt.

Durch den, dem Gränzdolomit direct aufgelagerten Gyps zieht sich eine 0,04 ᵐ dicke Steinmergelbank (Nr. 2. unsers Profils, C auf der Tafel), die, auf das Manchfaltigste geknickt und gebogen, sofort an den sogenannten Gekrösstein von *Wieliczka* und *Bochnia* erinnert. Vulcanische Gesteine mit begleitenden Hebungen und Senkungen sind auf Meilen im Umkreis nicht zu finden, dagegen ist das Auftreten dergleichen Lagerungsabnormitäten in der Nähe gewaltiger Gypslager eine längst bekannte Thatsache. Selbst der Umstand, dass die, übrigens weder in petrographischer, noch in paläontologischer Hinsicht irgend Besonderes darbietende Steinmergelbank senkrecht auf ihre Begränzungsebenen parallelepipedisch abgesondert ist [1]), spricht für das ehemalige Auftreten eines gewaltigen Druckes, und sie theilt die Eigenthümlichkeit dieser Absonderung mit der einer höhern Gypsregion eingelagerten Steinmergelbank Nr. 14, während Biegungen und Knickungen an dieser nur sehr mangelhaft aufgeschlossenen Lage nicht beobachtet wurden.

Dass bei der Annahme der Umwandelung eines präexistirenden Anhydrits zu dem jetzt vorliegenden Gyps der Druck ein bedeutender sein musste, dafür sprechen Zahlen. Während sich Wasser beim Gefrieren bloss 7,5 % ausdehnt, so beträgt die Ausdehnung bei der Wasseraufnahme des Anhydrits 61 %, wenn man den Umstand nicht ausser Acht lässt, dass sich bei einem solchen Processe das specifische Gewicht 2,9 des Anhydrits in

---

[1]) Aehnliche Erscheinungen an Steinmergelbänken dieser Etage in *Würtemberg* erwähnt Quenstedt: Das Flötzgebirge Würtembergs mit besonderer Rücksicht auf den Jura. 2. Auflage. Tübingen 1851. S. 87.

das nur 2,3 betragende des Gypses umwandelt, d. h. sich die
Masse in doppelter Hinsicht ausdehnt, einmal durch Aufnahme
vorher nicht enthaltener Bestandtheile, dann durch Auflockerung
der vorher specifisch schwerern zur leichtern Substanz. Während
nun durch diesen Druck die harte unnachgiebige Steinmergelbank verworfen, gebrochen und auf die Druckfläche senkrecht
abgesondert ward, gab der weichere Gyps der Kraft mehr nach
und erscheint nun in sanften Undulationen geschwungen. Durch
den Widerstreit der dunkeln Färbung der Steinmergelbank mit
der graulich weissen Gypswand wird der Stoss des *Hüttenheimer*
Bruches zu einer sehr guten Beobachtungsstelle der geschilderten
Erscheinung.

Die einzige aber bedeutende Schwierigkeit, die bei der
Annahme einer Bildung des Gypses aus präexistirendem Anhydrit
noch zu heben sein würde, wäre die Erklärung der Bildung des
Anhydrits auf eine den natürlichen Verhältnissen entsprechende
Art und Weise. Die höheren Temperaturen, die Mitscherlich,
Manross und Simmler zur Darstellung des Anhydrits theils
aus Gyps, theils durch Zusammenschmelzen von schwefelsaurem
Kali und Chlorcalcium oder von Gyps, Chlornatrium und Kieselsäure anwandten, verbieten im Hinblick auf die organischen
Einschlüsse und bituminösen Färbungen des natürlichen Anhydrits eine Verallgemeinerung dieser Bildungsweisen auf die
von der Natur eingeschlagene. Ebenso wenig genügt die Beobachtung, dass durch Erhitzen des Gypses mit Wasser bis auf
160° ein bedeutender Theil des Wassers (14,7 von 20,9 $^0/_0$)
verloren geht, da diese Methode· eben nicht zur vollkommenen Entwässerung führt.

Ein bedeutender Schritt vorwärts in der Erklärung der
Anhydrit-Genesis geschieht aber durch die Arbeit von Hoppe-
Seiler[1]), der bei „Erhitzen von Gyps mit gesättigter

---

[1]) Ueber das Verhalten des Gypses im Wasser bei höherer Temperatur und die Darstellung von Anhydrit auf nassem Wege. Poggen-
dorf's Annalen. 5. Reihe. 7. Bd. 1866. Seite 161 u. f.

Chlornatriumlösung auf 125—130° krystallisirten
Anhydrit" gewonnen hat. Seine Ansicht, die für jeden
Anhydrit wieder einen präexistirenden Gyps voraussetzt, stützt
er durch das Verhalten der einzelnen im *Stassfurter* Steinsalz
eingeschlossenen Anhydrit-Krystalle, welche den Hohlraum, in
dem sie liegen, weder ausfüllen noch dessen Gestalt bedingen,
welche also sehr wohl aus Gyps unter Substanzverlust und deshalb jetzt mangelhafter Raumerfüllung entstanden sein könnten.
Die nothwendige Temperatur-Zunahme liesse sich, so meint er,
am einfachsten durch ein Versenken der Gypslagen mit Steinsalz bis auf 12000 Fuss annehmen, wobei aber bemerkt werden
muss, dass der für die „geothermische Tiefenstufe" eingeführte
Werth von 100 Fuss insofern zu klein ist, als mit grösserer
Tiefe der Werth wächst, die Versenkung der Schichten also
noch tiefer erfolgt sein müsste.

Wenn sich nun auch nicht hinwegläugnen lässt, dass der
Geburtsmechanismus eines Gypslagers nach dieser Auffassung
ein ziemlich complicirter wird, indem er vier einzelne, mög-
lichst grosse Aenderungen der Verhältnisse voraussetzende Acte
aufweist (Ablagerung des schwefelsauren Kalkes als Gyps in
Gemeinschaft mit Steinsalz auf dem Meeresboden — Versenkung
der Straten zu den zur Erhöhung der Temperatur nothwendigen
Tiefen und hiedurch bedingte Umwandelung des Gypses in
Anhydrit — Wegführung des Steinsalzes — endlich, jedenfalls
allmälige, Zurückwandelung des Anhydrits in Gyps), so muss
man doch zugeben, dass die Erklärungsweise ausser der auch
nicht zu unterschätzenden Eigenschaft die einzige zu sein, auch
die aufweist, in allen diesen vier Acten nichts Naturwidriges
anzunehmen. Der vielleicht am meisten frappirende Passus,
nach welchem an jedes Gypslager Steinsalz ehemals gebunden
gewesen sein müsste, findet Unterstützung, einmal in dem Chlornatrium-Gehalt unsrer Gypse und dann in dem Umstand, dass
ja beispielsweise auch die Kochsalz-Pseudomorphosen des aus
verschiedenen Formationen bekannten sogenannten krystallisirten

Sandsteins auf früher vorhandenes, später hinweggeführtes Stein
salz hinweisen.

Noch als Anhydrit erhaltenen schwefelsauren Kalk kenne
ich aus Franken nicht. v. Alberti[1]) giebt ihn als „nur in
tiefen Gruben vorkommend“, aus *Würtemberg* an, eine Notiz
die sich bei Quenstedt[2]) mit einem „soll“ wiederholt. Sehr
verhängnissvoll ist dagegen das Vorkommen des Anhydrits im
Heilbronner Tunnel geworden, das Binder[3]) des Nähern be
schreibt. Der Anhydrit findet sich im Innern des Tunnels neben
Gyps in Bänken von 0,14—0,57 Meter, in Nestern und Adern
den oben erwähnten dunklen Mergeln eingelagert, wohl auch
in feinen, dem blossen Auge nicht erkennbaren Partien, so dass
der in der Analyse[4]) angegebene Gehalt an schwefelsaurem
Kalk theilweise wenigstens anhydritischer Natur sein dürfte.
Die Umwandelung desselben zu Gyps hat sich mitunter ziemlich
rasch schon während des Baus vollzogen mit Hebungen einzelner
Schichten bis zu 3 Fuss, Zersprengungen derselben unter schuss
artigem Knalle und Wegschleudern des Gesteins. Der Process
ist ein fortdauernder und sein Zusammenhang mit Wasserauf
nahme schon dadurch documentirt, dass an den beiden Ein
gängen, die reich an durchsickernden Wässern sind, der Process
vollendet erscheint, in der trockenen Mitte aber, in der die
Tagwässer aufgesogen werden, die Verwüstungen am meisten
wüthen. Und von Verwüstungen kann man reden, wenn man
bedenkt, dass die Hebung des den Tunnel auskleidenden Tonnen
gewölbes seit der Eröffnung der Bahn 1863 bis zum Frühjahr

---

[1]) Halurgische Geologie I. Seite 417.
[2]) Flötzgebirge Seite 87.
[3]) Binder, Geologische Verhältnisse des Tunnels zwischen Heil
bronn und Weinsberg. Würtembergische Jahreshefte 18. Bd. 1862.
Seite 45. u. ff., und die ausführlichere Abhandlung:
Binder, Geologisches Profil des Eisenbahntunnels bei Heilbronn.
Würtembergische Jahreshefte 20. Band. 1864. Seite 165. u. ff.
[4]) Vergleiche Analyse No. 8. auf Seite 27.

1867 0,52 Meter betragen hat [1]), dass Schalen von dem Schilfsandstein, der zur Verkleidung dient, sich auf einen leichten
Schlag der Hand hin loslösen, dass die Balken, die in einem
nur noch theilweise zugänglichen Förderschacht von der Zim-
merung her im Gesteine zurückgeblieben sind, breit gequetscht, wie
gelegentlich die Stämme in der Braunkohle, erscheinen, so dass
die Jahresringe nach rechts und links aufgelockert sind, dagegen
nach oben und unten um so fester zusammengepresst. An Handstücken, die im Kleinen die Aufblätterung des Anhydrits und
der anhydritischen Mergel, sowie die Auskleidung der dadurch
entstehenden hohlen Räume zeigt, ist die Halde vor dem Tunnel
an der *Heilbronn* zugekehrten Seite überreich. Was diese neu
gebildeten Krystalle angeht, so zeigt B i n d e r [2]), wie mir scheint
überzeugend, dass in ihnen das Movens bei der Aufblähung
n i c h t zu suchen sei.

Dem *Heilbronner* Tunnel ähnliche Verhältnisse zeigt auch
der auf traurige Weise berühmt gewordene *Hauensteiner* Tunnel,
und B i n d e r [3]) sagt, dass die als „Lettenkohlengyps" bezeichneten Gesteine dieses Fundorts den *Heilbronner* Vorkommnissen
zum Verwechseln nahe stehen. Dass wir es wahrscheinlich mit
genau denselben Schichten zu thun haben, bleibt der Besprechung
des Schweizer Keupers vorbehalten.

Würden sich nun bei der Annahme der Bildung des Gypses
aus einem präexistirendem Anhydrit eine Menge Niveauänderungen
auf diese Umwandelung des wasserfreien in wasserhaltigen
schwefelsauren Kalk zurückführen lassen, so würde ein fertig
gebildeter Gyps nicht weniger zur Veränderung der Configuration
eines Terrains beitragen können, wenn auch gerade nach um-

---

[1]) Für diese Notizen und die freundlichste Begleitung bei Begehung
des Tunnels im April dieses Jahres bin ich Herrn Bauamtsassistenten
H a u g in Weinsberg auf das Innigste verbunden.

[2]) B i n d e r 's grössere Abhandlung Seite 201.

[3]) Dieselbe Schrift Seite 201.

gekehrter Richtung, durch Einsenkungen, vermöge seiner verhältnissmässig leichten Löslichkeit in Wasser und der damit gleichbedeutenden Transportfähigkeit. Berechnet doch Bischof[1]) und zwar ohne Berücksichtigung der mechanisch vollzogenen Fortführung, dass ein Gypsberg von 100 Fuss in der einer geologischen Periode gegenüber gering erscheinenden Zeit von 28800 Jahren verschwinden könnte.

Auch für diese Erscheinungen bietet der *Hüttenheimer* Steinbruch, von dessen Besprechung wir auf die Abhandlung noch jetzt vor sich gehender Umwandlungen des Anhydrits in Gyps gekommen sind, Anhaltspunkte und demonstrative Beweise. Es sind einmal die Einsackungen der Dammerde (bei A. A. A.) und sodann Löcherbildungen inmitten der Gypswand (bei D. und E.), die unter einander zu communiciren scheinen und deren innere Wände die für Erosions-Erscheinungen charakteristischen zernagten Oberflächen zeigen. Dem untersten Loch (E.) schliesst sich ein zwischen den Gypsschichten eingekeilter Schmitzen an, dessen Beschaffenheit am Kürzesten zu bezeichnen wäre durch den etwas kühnen Ausdruck „filtrirte Ackererde". Er wiederholt Farbe und sonstige Beschaffenheit der obersten Lage nur mit weit feinerem Korn.

Dass auch die Vergypsung des unterteufenden Gränz-Dolomits, oder richtiger gesagt: die Infiltration desselben mit Gyps im Grunde des Bruches schön zu beobachten ist, ward schon bei Gelegenheit der Besprechung des Gränz-Dolomits auf Seite 23 erwähnt.

3. Die Dolomit- und Steinmergel-Lagen.

Die dieser untersten Etage des Keupers eingelagerten Dolomit- und Steinmergelbänke bieten wenig Interessantes dar und können in Kürze abgemacht werden.

Schicht **Nr. 2.** ist der lediglich durch seine kühnen Biegungen Aufmerksamkeit erregende Steinmergel des *Hüttenheimer* Bruches, ohne alle Andeutung paläontologischer Reste.

---

[1]) Bischof, Lehrbuch. 2. Band. Seite 194.

Schicht **Nr. 5.** ist ein ockergelber dichter, dem Drusen-Dolomit in Korn und Farbe nahestehender Dolomit, doch ohne drusenartige Einschlüsse, bis jetzt ebenfalls als versteinerungsleer zu bezeichnen.

Der Steinmergel **Nr. 7.** steht der Schicht Nr. 2. in petrographischer Beziehung sehr nahe und theilt auch mit dieser den Mangel jedweden organischen Restes.

Dagegen wird in einem kleinen, keinen Bezug auf bekannte Schichten erlaubenden Gypsbruch bei *Wiebelsberg* unfern *Gerolzhofen* am Westabhange des *Steigerwaldes* eine Steinmergelschicht beobachtet, die reich an schlecht erhaltenen Petrefacten ist, wohl nichts als die im Gränz-Dolomit so reichlich vorkommende Myophoria Goldfussi v. Alb. und vielleicht ? Pecten Albertii Goldf. Leider lässt sich bis jetzt nichts Bestimmtes über die Stellung der Schicht im Profile aussagen, nur scheint sie nicht hoch über dem Gränz-Dolomite zu liegen, wenigstens steht im ganz benachbarten *Dittingsfeld* dieser und darunter der Lettenkohlen-Sandstein an, ohne dass eine bedeutende Terrainerhebung vorhanden ist. Jedenfalls ist das hiedurch constatirte Hinübergreifen der Myophoria Goldfussi aus der Lettenkohlenformation in den Keuper interessant genug, um die Gewinnung der Schicht in einem messbaren Profil als wünschenswerth zu bezeichnen.

Ganz neuerdings verdanke ich der Güte des Herrn Inspector Z e l g e r Probestücke zweier Schichten, deren eine mit der eben erwähnten Schicht von *Wiebelsberg* sowohl petrographisch, als auch ihrem paläontologischen Inhalt nach, vollkommen übereinstimmt. Sie liegt im Gyps bei *Opferbaum*, ohne dass bis jetzt ihr Niveau näher bestimmt worden wäre. Eine zweite ihrer Stellung im Profil nach ebenfalls noch nicht bekannte Schicht entstammt dem Gyps bei *Effeldorf*. Sie ist weicher und weisser als die Bank von *Wiebelsberg* und *Opferbaum* und hat nur wenige, sehr undeutliche Petrefacten aufzuweisen, vielleicht Lingula tenuissima.

SCHICHTEN DER MYOPHORIA RAIBLIANA

Abtheilung II. Schicht 9. bis 11. des Profils.

So unbedeutend die Mächtigkeit (0,28 Meter) derjenigen Schichten ist, welche das Profil als zweite Etage bezeichnet, so erschien es doch praktisch, sie auszuscheiden, weil sie einen der constantesten Horizonte im untern Keuper bilden. Professor Sandberger[1]) hat bereits ausführlich über die Petrefacten dieser Schichten referirt, so dass es hier genügen wird, in kurzen Zügen die Hauptresultate zu wiederholen.

Die beiden Schichten, die nur durch eine dünne, dunkle Lettenlage (Nr. 10. des Profils, 0,10 Meter mächtig) getrennt sind, unterscheiden sich petrographisch ziemlich scharf. Die untere Lage (Nr. 9.), der Träger der meisten Abdrücke, ist kalkiger Natur, während die obere Schichte (Nr. 11.) ein harter graulich-weisser Dolomit ist, der beim Auflösen viel Rückstand hinterlässt, während Kalk, Magnesia, Thonerde und eine Spur Eisenoxyd in Lösung gehen. Auch Chlor kann man beim Auskochen nachweisen. Die Schicht des *Heilbronner* Tunnels, die unserer Bleiglanzbank, wie man durch Handstücke beweisen kann, auf das Vollkommenste entspricht, ist von Zeller[2]) quantitativ analysirt worden und besteht aus:

---

[1]) Die Stellung der Raibler Schichten in dem fränkischen und schwäbischen Keuper. Jahrbuch 1866. Seite 84 u. f.

[2]) Binder's Abhandlung Würtemb. Jahreshefte. 20. Jahrg. 1864 Seite 179.

Kieselsäure und unlöslichen Silicaten . . 6,05
Thonerde und Eisenoxyd 2,15
Schwefelsaurer Kalk 25,49
Kohlensaurer Kalk 87,24
Kohlensaure Magnesia 27,90
Wasser 1,16
Chlornatrium . . . . Spur.

Der auffallende Gehalt an schwefelsaurem Kalk erklärt sich durch einen Vergypsungsprocess, den man an allen Stücken der *Heilbronner* Halde sehr gut studiren kann.

Ausgezeichnet ist namentlich die obere der beiden Bänke durch ihre Mineraleinschlüsse. Bleiglanz ist der häufigste, der fast in jedem Handstücke gefunden wird, bei *Junkersdorf* unweit *Hofheim* in schönen Oktaëdern mit eingesunkenen Flächen. Daneben liegt rother Baryt, der oft als Versteinerungsmittel der Petrefacten dient und Quarz. In der untern Schicht kömmt ziemlich häufig Kupferkies, sowie Malachit und Kupferlasur, zweifellos Zersetzungsprodukte des erstern, vor.

Die kritische Beleuchtung der paläontologischen Vorkommnisse der Schicht in der oben citirten Abhandlung des Herrn Prof. S a n d b e r g e r erspart uns etwas mehr als eine Aufzählung derselben zur Vervollständigung des Bildes unsers Keupers zu geben. Das Hauptlager der Versteinerungen ist die untere Bank und zwar die abwärts gekehrte Seite, welche Steinkerne liefert, die von einem schwärzlichen Mulm erfüllt sind.

Die grösste und wegen ihrer vollständigen Uebereinstimmung mit alpinen Exemplaren der verschiedenen Altersstufen interessanteste Versteinerung ist die Myophoria Raibliana B o u é et D e s h. sp.

Ihr schliesst sich die Corbula Rosthorni B o u é et D e s h. sp. an, zu der Nucula dubia M ü n s t., Cyclas Keuperina Q u., Cyclas socialis B r u c k m a n n und Nucula sulcellata G ü m b. als Synonyme gehören.

Eine neue Bairdia, sowohl in *Franken* als in *Würtemberg* (*Stallberg* bei *Rottweil*) als in *Raibl* vorkommend ward von

Herrn Prof. Sandberger mit dem Namen B. subcylindrica eingeführt.

Hiezu kommt noch ein kleiner zu näherer Bestimmung zu schlecht erhaltener Gastropod.

Die obere, 0,15 Meter mächtige und von der eben beschriebenen durch 0,10 Meter Letten geschiedene Schicht weist namentlich die Corbula in Masse auf, daneben kömmt auch die Bairdia, wenn auch selten, noch vor.

Eine langgestreckte mit Sicherheit wohl nicht zu bestimmende Bivalve gleicht am ehesten noch der Modiola obtusa Eichwald[1]), während sie mit der von v. Hauer[2]) abgebildeten Myoconcha nicht übereinstimmt. Mit Rücksicht auf eine von v. Richthofen[3]) gegebenen Berichtigung des Eichwald'schen Fundortes entstammt des Letztern Modiola obtusa zugleich mit seinem Lyrodon Okeni (gleichbedeutend mit Myophoria Raibliana) den rothen thonigen Schichten, die den weissen Schlern-Dolomit der Seisser Alp bedecken. v. Richthofen und v. Hauer weisen diesen Schichten aber übereinstimmend eine Stellung über St. Cassian an, so dass wir auch durch Vergleich mit diesem Fundorte in dasselbe Niveau des untern Keupers verwiesen würden.

Eine Modiola endlich stimmt mit der in noch zwei höhern Niveaus (Schichten von Steinach und Zeil Nr. 21. und 29. des Profils) vorkommenden, wie es scheint, vollkommen überein. Sie soll deshalb erst bei Besprechung dieser Schichten, in denen sie weit häufiger auftritt, abgehandelt werden.

Abgesehen von der durch ihre Petrefacten-Einschlüsse gegebenen Uebereinstimmung mit einem alpinen Niveau, ist die Blei-

---

[1]) Eichwald, Naturhistorische Bemerkungen als Beitrag zur vergleichenden Geologie. Tafel I. Fig. 8. S. 129.

[2]) Sitzungsberichte d. k. Akad. d. Wiss. Math.-naturwiss. Klasse. 24. Band.

[3]) Geogn. Beschreib. d. Umgegend von Predazzo, St. Cassian und d. Seisser Alpe. Gotha 1860. Anmerk. zu Seite 95.

glanz-Bank im deutschen Keuper weit verbreitet und durch ihre petrographische Beschaffenheit und ihre Mineraleinschlüsse auch dort noch zu erkennen, wo ihr, wie oft vorkommt, die thierischen Reste fehlen. Vom *Stallberg* bei *Rottweil*, mehreren Punkten bei *Heibronn*, vielen in *Franken* ist sie in vollkommener Uebereinstimmnng mit Vorkommnissen aus dem *Erfurter* Salzschacht[1]) und nach brieflichen Mittheilungen des Herrn Dr. Eck an Herrn Professor Sandberger von Greussen, ca. 4 Meilen nördlich von *Erfurt*, noch bekannt und leistet bei der Orientirung in dem bunten Wechsel von Gyps und Mergeln unter der ersten Sandstein-Etage die wesentlichsten Dienste.

---

[1]) Schmid, Zeitschr. d. d. geol. Ges. 16. Bd. S. 146.

BUNTE MERGEL

mit

GYPS UND STEINMERGELBAENKEN

zwischen

DER BLEIGLANZBANK UND DEM SCHILFSANDSTEINE.

Abtheilung III. Schicht 12. bis 32. des Profils.

1. Bunte Mergel und Gyps.

Hinsichtlich der bunten Mergel und des Gypses dieser Etage kann vollkommen auf das verwiesen werden, was bei der Besprechung der untersten Etage über diese Schichtungsglieder gesagt ward. Der Gyps concentrirt sich auch hier noch einmal zu einem zusammenhängenden Lager von 12,45 Meter Mächtigkeit, ähnlich dem geschlossenen Gypslager der untersten Etage durch eine dünne parallelepipedisch abgesonderte Steinmergelbank (Nr. 14.) in zwei Abtheilungen getrennt. Oft durchschwärmt er auch hier die Mergel in dünnen Schnüren von Fasergyps oder ist ihm in Knollen, Nestern und Trümern eingelagert. Gegen das obere Ende der Etage verschwindet er und macht dünnen sandigen Einlagerungen Platz, die dadurch, dass sie immer häufiger auftreten und immer reicher an Quarzsand werden, den bauwürdigen Schilfsandstein vorbereiten, so dass eine scharfe Gränze zwischen dieser und der nächst höhern Etage nicht gezogen werden kann. In dem vorliegenden Profil ward der gewöhnlich abgebaute in mächtigern und reineren Schichten auftretende Sandstein als typischer Schilfsandstein allein in die vierte Etage aufgenommen.

2. Die Steinmergelbänke.

Von unten nach oben gerechnet treffen wir mit **Nr. 14.** zuerst auf eine dünne, graue Steinmergelbank, den Gypsen eingelagert, senkrecht zur Schichtungsebene abgesondert, petrefactenlos und in dem gemessenen Profil nur kümmerlich aufgeschlossen, so dass es dahin gestellt bleiben muss, ob sie, wie die unter gleichen Verhältnissen auftretende Schicht Nr. 2 der untersten Etage Verwerfungen, Biegungen und Knickungen zeigt.

Ebenso wenig lässt sich irgend etwas über eine zweite graue dichte in den Mergeln auftretende Schicht (**Nr. 17.**) sagen.

Nr. 19. ist eine rothe mit grünen Flecken versehene, oben und unten dichte, in der Mitte schwammig aufgelockerte Bank. Die Poren, mitunter mit Quarzkrystallen ausgekleidet, dürften wohl kaum von ausgewitterten Petrefacten herrühren.

Nr. 21. ist eine harte quarzige Bank, beim Anhauchen thonig riechend, rothe und grüne Farbentöne in unbestimmten, in einander übergehenden Partien zeigend, mitunter auch kleine weisse Glimmerblättchen. Die chemische Untersuchung lieferte ziemlich bedeutenden Rückstand beim Auflösen, viel Thonerde, wenig Eisen, Kalk und Magnesia in der Lösung. Am *Schwanberg*, an dem dieser Theil des Profils vermessen ward, fand ich keine Andeutungen von Versteinerungen, dagegen stimmt eine Schicht von *Steinach* petrographisch so genau mit der betreffenden Lage überein, dass ich keinen Anstand nehme beide vorläufig (natürlich mit allem Vorbehalt einer bessern Erkenntniss bei wiederholter Untersuchung) zu identificiren. Andere Stücke von *Steinach*, derselben Schicht entnommen, zeigen sich, zweifellos unter dem Einflusse der Oxydation, gebleicht mit wenig rothen Flecken, die namentlich noch als Färbungen der eingeschlossenen Petrefacten auftreten.

Von diesen letztern kommen ausser sehr vereinzelten Saurier-Resten drei Bivalven vor:

Die erste ist eine **Modiola**, identisch mit der aus der Bleiglanz-Bank, sowie mit den Einschlüssen der höher gelegenen

Schicht von *Zeil* (vielleicht Nr. 29. des Profils). Wollte man mit irgend einer schon beschriebenen und abgebildeten Art Vergleichungen anstellen, so wäre vielleicht die Abbildung Laube's (l. c. II. Bd. Tafel 16. Fig. 6.) von Modiola dimidiata. Münst. anzuführen. Doch unterscheidet sich unsere Modiola scharf, einmal durch die Grösse (etwa die fünffache der Laube'schen Abbildung in natürlicher Grösse), sodann durch die Lage des Kieles. Während derselbe bei M. dimidiata die ungefähr rechteckige Form der Muschel in zwei gleiche, eine rechte und linke, Hälften theilt, so läuft er bei der unsrigen eher als Diagonale durch die mehr einem Rhombus sich nähernde Gestalt der Bivalve.

Für eine zweite, glatte Bivalve fehlen bei ungenügender Erhaltung nähere Anhaltspunkte zur Vergleichung.

Dazu kommt eine dritte kleinere, gerippte Bivalve, die möglicher Weise, obgleich Seltenheit und schlechte Erhaltung einen sichern Ausspruch nicht erlauben, die Myophoria Goldfussí vielleicht auch M. Whateleyae ist.

Der Steinmergel **Nr. 23.** ist ausgezeichnet als ein reiches Lager einer sehr häufigen Estheria und unzähliger Fischschuppen. Die Estheria scheint sich durch etwas grössere Form und durch stärker gebogene concentrische Ringe von der der Lettenkohlenformation zu unterscheiden und zu derjenigen zu gehören, welche die akademische Sammlung in mitunter sehr schöner Erhaltung Herrn Bergrath Gümbel „aus den sandigen Keuperletten der *Bodenmühle*" verdankt. Die letztere zeigt schon unter der Loupe eine Granulation der Schale, die bei den am besten erhaltenen Bruchstücken der Schalen grossmaschig und netzartig wird, während die Estheria der Lettenkohle und des Muschelkalks, welche der Untersuchung unterlegen, kaum eine unbedeutende Punktirung der Schale erkennen liessen. Die Uebereinstimmung der unsrigen mit der von der *Bodenmühle* stammenden wird bei der Gleichheit des Niveaus (vergl. Gümbel's Geognostische Verhältnisse des fränkischen Triasgebiets. Bavaria 4. Bd. 11. Heft Seite 58.) noch wahrscheinlicher, so dass wir eine dem untern Keuper eigenthümliche, von der der Lettenkohle

und des Muschelkalkes verschiedene Estheria anzunehmen be-
rechtigt wären.

Jones hat in seiner Monographie[1]) die Estherien des
Buntsandsteins bis hinauf zu denen des Bonebed's als Estheria
minuta zusammengefasst und scheidet als bestimmte Varietät
nur die des Bonebed's unter dem Namen Estheria minuta var.
Brodieana aus, indem er es von der aus *Sulzbad* unent-
schieden lässt, ob sie als besondere Varietät anzusehen sei.
Seine Abbildung deutlicher Schalenstructur (Tafel II. fig. 7.)
gehört aber einer Species aus dem englischen Keuper (von
Shrewley Common, Warwickshire) an, der also auch die *Boden-
mühl* - Estheria, respective die der übrigen Fundorte unsres
fränkischen Keupers wegen übereinstimmender Schalenstructur
zuzurechnen sein würde. Im Text (Seite 30) macht Jones
ausdrücklich auf die mangelhafte Schalenstructur der
Estherien aus der Lettenkohlenformation aufmerksam, wofür
denn auch die Abbildung einer solchen auf Tafel I. Fig. 30.
spricht. Welcher continentale Fundort übrigens das Original
geliefert hat, ist mit Bestimmtheit weder aus dem Texte noch
aus der Tafelerklärung ersichtlich, doch spricht die Wahrscheinlichkeit für *Sinsheim*. Ausser der Uebereinstimmung der Schalenstructur ergiebt aber auch ein Vergleich der auf Tafel I.
Fig. 28. und 29. abgebildeten Lettenkohlenspecies mit den unter
Anwendung derselben (sechsfachen) Vergrösserung auf Tafel II.
Fig. 1., 4. und 5. dargestellten Exemplaren aus dem englischen
Keuper dasselbe Resultat einer bedeutenderen Grösse der Keuper-
Arten, wie es oben für unsere deutschen Vorkommnisse erwähnt
ward. Auf diesen Grössen - Unterschied der Estherien in den
beiden einschläglichen Formationen macht übrigens schon
Berger[2]), meines Wissens der erste Beobachter ächter Keuper-
Estherien in Deutschland, aufmerksam.

---

[1]) Jones, A monograph of the fossil Estheriae. London 1862.
Palaeontographical Society.

[2]) Die Keuperformation mit ihren Conchylien in der Gegend von
Coburg. Jahrbuch für Min. 1854. pag. 414.

Da nun der Name Estheria minuta zuerst der Letten-
kohlen-Species beigelegt ward, so würde derselbe auf diese
zu beschränken und die Keuperart als Estheria n. sp. zu bezeichnen sein.

Ob sich die Estheria Albertii Voltz sp. = E. Germari
Beyrich in gleicher Weise abtrennt (wie denn auch Jones
sie als „Varietät" zu bezeichnen geneigt ist), wage ich nicht
zu entscheiden.

Die manchfaltigen Fischschuppen der Schicht Nr. 23.
sind noch nicht genugsam untersucht worden; vielleicht ist es
auch bei dem Mangel eines vollständig erhaltenen Thieres aus
dieser Schicht unmöglich über die Art oder auch nur über die
Gattung etwas Bestimmtes zu sagen.

Bivalven-Reste, die mitunter auch auftreten, entziehen sich
durch die ungenügende Erhaltung der Bestimmung.

Nr. 25. besteht aus einer Anhäufung matt grün und roth
gefärbter Knollen verschiedener Grösse, gewöhnlich 0,15 Meter
im Durchmesser. Oft scheinen dieselben aus eckigen, von Neuem
verkitteten Bruchstücken zu bestehen. Organische Reste habe
ich nicht zu entdecken vermocht, ebenso wenig als in

Schicht **Nr. 27,** die einen sehr dichten, grauen Mergel von
wenig bedeutender Härte repräsentirt.

Bei der Schicht **Nr. 29.** tritt ein ähnliches Verhältniss als
bei der oben geschilderten Lage Nr. 21. ein. Am *Schwanberg*
lieferte die dunkelgraue bis schwarze Bank, die sich übrigens
nicht scharf von Ober- und Unterlage trennt, sondern sich nur
allmälig durch grössere Festigkeit aus den unterteufenden und
überlagernden Schichten entwickelt, keine Andeutungen von
Petrefacten. Dagegen steht in der unmittelbaren Nähe des Ortes
Zeil an der Strasse nach *Hassfurt* ein Schichtencomplex an,
dessen Mächtigkeit einmal zu 0,25 Meter, einmal zu 0,22 Meter
(Nr. 29. am Schwanberg = 0,20 Meter) gemessen ward. Einen
einiger Massen sicheren Bezug auf eine bekannte Schichte erlauben
leider die örtlichen Verhältnisse nicht, da die Schicht an einem
kleinen Vorhügel ansteht, hinter dem sich erst noch eine mit

reicher Cultur überzogene Einsenkung hinstreckt, ehe sich das Terrain zu den am Wege nach *Altershausen* gelegenen Schilfsandstein-Brüchen erhebt. Petrographisch steht die Schicht der Bank am *Schwanberg* sehr nahe und auch der Abstand vom überlagernden Schilfsandstein (für Nr. 29. = 18,80 Meter) dürfte, so weit Augenmassschätzung es erlaubt, ungefähr derselbe sein. So mag denn v o r l ä u f i g bis zur nähern Bestimmung, die hoffentlich eine Bestätigung liefert, auch hier eine Identificirung beider Schichten vorgenommen werden. Die *Zeiler* Schicht ist die Lagerstätte einer Modiola, die sich in ziemlicher Menge in ihr vorfindet und nach allen verglichenen Exemplaren mit der Modiola von *Steinach* und aus der Bleiglanzbank identisch ist, welche oben mit Modiola dimidiata M ü n s t. verglichen ward.

Identisch mit *Zeil* scheinen Schichten von *Zeuln (Oberfranken)* zu sein, sowohl durch die petrographische Beschaffenheit, als durch die eingeschlossene Modiola. Ich verdanke Probestücke der Güte des Herrn Bergrath G ü m b e l, der mir brieflich mittheilte, dass diese Schicht „nicht tief unter dem Schilfsandstein" anstehe, so dass auch das Niveau für Identität sprechen würde.

Vermuthliche Analoga der Schicht aus *Würtemberg*, sollen bei der Besprechung des würtembergischen Keupers erwähnt werden.

Die letzte, besonders ausgeschiedene Schicht (**Nr. 31.**) unter dem Letten, den schon einzelne Sandsteinbänke zum Vorläufer des Sandsteins machen, steht petrographisch der oben geschilderten sehr nahe und hat bis jetzt keinen Inhalt an organischen Resten ergeben.

SCHILFSANDSTEIN.

Abtheilung IV. Schicht 33. bis 43. des Profils.

Korn und Lagerungsweise sind dem Schilfsandsteine und dem Hauptsandsteine der Lettenkohlenformation gemeinschaftlich. Eingeleitet, gewisser Massen angekündigt durch sandige, stärker und stärker werdende Einlagerungen in den Letten, concentriren sich endlich diese sandige Massen zu immer mächtigern, bald bauwürdigen Lagen, doch stets noch getrennt durch dünne oder stärkere, auf weitere Strecken sich auskeilende [1]) Lettenzwischen- lagen, und senkrecht auf die Schichtungsfläche durch unregel- mässige Klüfte abgesondert. Auch glimmerreiche Straten sind beiden Sandsteinen gemeinschaftlich, sowie das Auftreten rother Farbentöne da, wo Armuth in den Einschlüssen an pflanzlichen Resten eintritt, gewiss in engstem Zusammenhang mit der des- oxydirenden Kraft der Organismen, welche das rothfärbende Eisenoxyd reduciren, oder wohl richtiger das zuerst vorhandene kohlensaure Eisenoxydul vor der Oxydation schützen. Die Unterschiede zwischen den beiden so ähnlichen Sandsteinen liegen in den Farbentönen der typischen Varietäten, bei dem Lettenkohlensandstein gelbbraun, bei dem Schilf grünlichgrau. Auch die rothen Lagen zeigen, freilich nicht durchgreifend, einige Verschiedenheiten. Während sie in der Lettenkohle

---

[1]) So haben auch die in unserm Profil angegebenen Zwischenlagen von Letten eben nur eine locale Bedeutung, die aus demselben Bruche mit verschiedenen Werthen angegeben werden könnten, da sie sich oft schon nach einigen Fussen horizontaler Erstreckung verjüngen oder vergrössern.

homogen roth sind, erscheinen die des Schilfes gewöhnlich ge-
flammt und von tieferem Roth, fast Violett, ohne dass aber
homogen roth gefärbte Lagen ausgeschlossen wären.

Als Baustein, auch zu feinern Bildhauer-Arbeiten ist der
Schilfsandstein wohl stets dem Lettenkohlensandsteine vorzuziehen, empfiehlt er sich doch schon, wie dies geologische und
architektonische Beschreibungen oft wiederholen, durch die
„Wärme" seines Farbentones.

Der Schilfsandstein ist im *Steigerwald* und in den *Hassbergen* ein ganz constantes Niveau. Am West-, Süd- und
Nordrande ziehen sich gewaltige Brüche in fast ununterbrochener
Reihe hin, correspondirend mit denen in den *Hassbergen*, die
an vielen Stellen, südlich bis an den *Main* bei *Zeil*, nicht ge-
ringere Dimensionen aufzuweisen haben. Der Stein der *Zeiler*
Brüche ist von v. Bibra[1]) analysirt worden und enthält:

Kieselsäure $\quad = \quad$ 75,4

Kalk $\qquad = \quad$ 2,8

Magnesia $\qquad = \quad$ 1,4

Thonerde $\qquad = \quad$ 11,7

Eisenoxyd $\qquad = \quad$ 3,0

Wasser $\qquad = \quad$ 3,5

Natron und Chlor $\quad = \quad$ Spur

Verlust $\qquad = \quad$ 2,2.

Ein Theil des „Verlustes" ist jedenfalls auf Rechnung vor-
handener Kohlensäure zu setzen, denn sämmtlich hierauf unter-
suchte Stücke brausen etwas.

Unsere Sandstein-Etage bietet durch die gesammte Keuperformation hindurch das reichste Lager organischer Reste dar
und zwar mit Ausnahme der von andern Punkten, neuerdings
auch vom *Schwanberg* bekannten Capitosaurus-Resten,
lediglich pflanzlicher Natur. Ueber dieselben ist erst kürzlich

---

[1]) **Erdmann & Marchand**, Journal für praktische Chemie 1840.
pag. 30.

eine kritisch sichtende Arbeit von Herrn Hofrath Schenk publicirt worden, so dass dem Leser hier ebenfalls Resultate von competenterer Seite gewonnen, geboten werden können.

So weit sich die vom Herrn Verfasser erhaltenen Daten auf den Schilfsandstein beziehen, sind sie, nebst einigen Zusätzen, welche sich seit ihrer Publication ergeben haben, in der folgenden Tabelle vereinigt, wobei hinsichtlich der auswärtigen Fundorte bemerkt werden muss, dass Schenk nur die Angaben aufgenommen hat, welche „auf Autopsie beruhen".

		Franken u. Coburg.	Würtemberg.	Baden.	Hemmiken.	Lettenkohle.
1.	Equisetites platyodon Brongn. sp.	*	—	—	*	—
2.	„ arenaceus Brongn. sp.	*	*	—	*	*
3.	Neuropteris remota Presl.	—	*	—	*	*
4.	Clathropteris reticulata Kurr.	*	*	—	*	—
5.	Pecopteris stuttgartiensis Brongn.	*	*	—	—	—
6.	Kurria digitata Schenk	*	*	—	*	—
7.	Cottaea danaeoides Göpp.	—	*	—	—	—
8.	Pterophyllum Jaegeri Brongn.	*	*	*	—	—
	„ „ var. contractum	—	*	—	—	—
	„ „ var. angustum	*	*	—	—	—
	„ „ var. latum	*	*	—	—	—
	„ „ var. remotum	*	*	—	—	—
9.	Pterophyllum brevipenne Kurr.	*	*	—	—	*
	„ „ var. contractum.	—	*	—	—	*
10.	?Pterophyllum n. sp.	*	—	—	—	—
11.	Voltzia Coburgensis v. Schaur	*	—	—	—	*

Als Synonyme werden bei dieser Aufstellung vom Herrn Verfasser cassirt:

Calamites arenaceus aut. = Holzkörper des Equisetites arenaceus Brongn.
Camptopteris Münsteriana Heer. = Clathropteris reticulata Kurr.
   quercifolia Schenk. = Clathropteris reticulata Kurr.

Cyatheites rigida Schenk = Pecopteris stuttgartiensis Brongn.

Equisetites-Arten, von Presl aufgestellt = Varietäten des E. arenaceus.

Lycopodiolithes phlegmarioides Berger = Voltzia Coburgensis v. Schaur.

Matonia Kurr. = Kurria digitata Schenk.

Neuropteris adianthoides Kurr. = Neuropteris remota Presl.

Osmundites pectinatus Jaeg. = Pterophyllum Jaegeri Brongn.

Pecopteris quercifolia Presl. = Kurria digitata Schenk.

   „   triasica Heer. = Kurria digitata Schenk.

   „   rigida Kurr. = Pecopteris stuttgartiensis Brongn.

Pterophyllum Jaegeri Heer, der Lettenkohle entstammt = Pt. longi-
           folium Brongn.

   „   „   var. brevifolia Kurr. = Pt. brevipenne Kurr.

   „   macrophyllum Kurr. = Pt. Jaegeri Brongn. var.

   „   pectinatum Kurr. = Pt. Jaegeri Brongn. var.

Nur vier gemeinschaftliche Arten (exclusive einer Varietät)
unter elf in ihm vorkommenden verknüpfen demnach den Schilfsandstein mit dem Hauptsandstein der Lettenkohle. Nach oben
sind die Berührungspunkte noch dürftiger: mit dem Semionotus-
Sandstein durch die, meines Wissens, einzige Art desselben
(Voltzia Coburgensis), mit dem Stubensandstein (nach Schenk)
durch den Equisetites arenacens.

BUNTE MERGEL

zwischen

SCHILFSANDSTEIN UND SEMIONOTUS-SANDSTEIN.

Abtheilung V. Schicht 44.—52. des Profils.

1. Die bunten Mergel.

Die bunten Mergel sind für den *Steigerwald* durch das beinahe gänzliche Fehlen des Gypses charakterisirt, denn nur einmal habe ich solchen sogenannten Berggyps auf dem *Kammerforster Ranken* bei *Ober-Schwarzach* getroffen und auch hier nur in ganz geringen Andeutungen. In andern Gegenden *Frankens* dagegen, sowie in *Würtemberg* und *Thüringen* ist derselbe weit häufiger, wie wir bei den Parallelisirungen unsrer Keuperbildungen mit denen anderer Länder sehen werden.

2. Die Steinmergelbänke.

Von den drei Steinmergelbänken, welche in diesem Niveau beobachtet wurden, ist die untere (**Nr. 45.**) und obere (**Nr. 49.**) petrographisch vollkommen übereinstimmend: ein dichter, grauer Mergel mit dunkeln Concretionen, die auf den ersten Blick hin für Petrefacten gehalten werden könnten. Bis jetzt habe ich keine Reste in ihm entdecken können.

Dagegen ist die mittlere (**Nr. 47.**) reich an interessanten Einschlüssen. Gümbel hat diese, wie wir sehen werden, weit verbreitete Bank mit dem Namen der **Lehrberger** belegt, fussend auf ein schönes, zu technischen Zwecken ausgebeutetes Vorkommen in der Nähe von *Ansbach*. Das Gestein ist ein bald festerer bald ganz lockerer, tuffartiger, grauer, sehr kalkreicher Mergel, erfüllt von kleinen wasserhellen, grauen und gelben Kalkspathkryställchen, im Innern mitunter ein blosses lockeres Haufwerk von den Steinkennen, welche gleich zu besprechen sein werden. An sonstigen gelegentlichen Einschlüssen ist besonders Schwerspath hervorzuheben, mitunter auf Klüften in netten kleinen kammförmigen Partien angeordnet, seltener Bleiglanz und Malachit.

Schon ohne Erhitzen braust die lockere Varietät (z. B. vom *Schwanberg*) mit Säuren heftigst auf, während bei den festeren (z. B. von *Neustadt a. d. Aisch*) die Einwirkung der Säure etwas langsamer erfolgt. Der Rückstand ist nie sehr bedeutend; die Lösung zeigt fast kein Eisen, wenig Thonerde, sehr viel Kalk und wenig Magnesia.

An organischen Einschlüssen kommen neben unbestimmbaren Knochenresten und noch nicht näher untersuchten Fischschuppen ein Gastropode und eine Bivalve vor. Der erstere, gewöhnlich als Turbonilla Theodorii bezeichnet, lässt an dem am besten erhaltenen Stücken von *Neustadt a. d. Aisch* (Zelger'sche Sammlung) ein Band auf den Umgängen entdecken, das ihn zu einer Murchisonia oder Turritella macht. Eine von diesem Band auslaufende Streifung konnte ich nicht erkennen.

Die Bivalve dagegen ist nach Vergleich mit Wissmann'schen Original-Exemplaren der akademischen Sammlung und nach den Laube'schen Abbildungen [1]) mit der Anoplophora Münsteri Wissm. sp. aus den *Heiligkreuz*-Schichten identisch [2]).

---

[1]) St. Cassian II. Taf. 16. Fig. 13. Seite 35.

[2]) Ueber eine versuchte Zusammenstellung von Formen aus dem Trigonodus- und dem Gränz-Dolomit mit Anoplophora Münsteri ist das Nähere in der im Druck befindlichen Abhandlung Sandberger's über die fränkische Lettenkohlenformation (in der Würzburger naturwissenschaftlichen Zeitschrift) besprochen.

Diese von Wissmann[1]) zuerst benannten und paläonto-
logisch beschriebenen Schichten, sind in rein localer Ausbildung
bis jetzt lediglich von der Wallfahrtskirche *zum heiligen Kreuz*
bei *St. Leonhard* im *Enneberg* bekannt. Nach v. Richthofen's[2])
Schilderungen werden sie von weissen dolomitischen Sandsteinen,
den *Raibler* Schichten angehörig, und diese wieder von den
Tuffen mit *St. Cassian*-Versteinerungen unterteuft, während
Dolomit und Kalkstein sie bedecken, von denen v. Richthofen,
durch ein südlicher gelegenes Profil, welches jedoch die *Heilig-
Kreuz*-Schichten nicht aufweist, geleitet annimmt, dass sie die
Dachstein-Bivalve führen.

Der Entdecker Wissmann verzichtete darauf, ihnen eine
Stellung im geologischen Profil anzuweisen. v. Klipstein[3])
macht auf den tertiären Typus der Petrefacten aufmerksam,
lässt aber die Frage, ob die Schichten etwa dem *St. Cassian*
einzureihen seien, offen. Eichwald's[4]) Identificirung mit
St. Cassian beruht, wie v. Richthofen nachweist, auf einer
mangelhaften Scheidung der Petrefacten nach ihrem Fundorte;
v. Richthofen selbst betrachtet sie als ein locales, den Dach-
steinkalken eingelagertes Schichtensystem mit dem Charakter
einer Brackwasser-Bildung und stellt sie dadurch in die Reihe
der Liasformationen.

Sollte die v. Richthofen'sche Deutung der die Schichten
unterteufenden dolomitischen Sandsteine richtig sein, so hätten
wir hier in einem einzigen Profil die drei alpinen Schichten
vereinigt, für welche es gelungen ist, in unsern fränkischen
Bildungen der obersten Lettenkohle und des Keupers Analoga
aufzustellen.

---

[1]) Münster's Beiträge IV. Seite 19.

[2]) Predazzo u. s. w. Seite 99. und 218.

[3]) v. Klipstein, Beiträge zur Kenntniss der östlichen Alpen.
Giessen 1843. Seite 61.

[4]) Eichwald, Naturhist. Bemerkungen etc. Seite 119.

Eine durch Vermittelung eines württembergischen Vorkommens (bei *Ochsenbach* im *Stromberg*) versuchte Parallelisirung
der *Lehrberger* Schicht mit dem dolomitischen Kalkstein von
Gansingen soll bei Gelegenheit der Abhandlung des württembergischen Keupers näher besprochen werden.

DER SEMIONOTUS-SANDSTEIN,

und

DIE IHN UEBERLAGERNDEN KEUPERBILDUNGEN.

Mit dem Semionotus-Sandstein verlassen wir diejenigen Schichten des Keupers, welche ich einer eingehendern Untersuchung unterworfen habe. Bei dem Mangel schöner Aufschlüsse für die höhere Etage des Keupers in dem Theile des *Steigerwalds*, der bis jetzt gründlicher aufgenommen ward, muss ich leider Specialschilderungen einer spätern Zeit vorbehalten und kann für jetzt nur die wenigen Anhaltspunkte geben, die mir bei gelegentlichen Wanderungen geworden sind.

Die nächste Sandstein-Etage, auf der Höhe des *Schwanbergs*, des *Zabelsteins* u. s. w. in mitunter grossen Brüchen aufgeschlossen, ist nach den petrographischen Vergleichungen und dem Niveau identisch mit dem *Coburger* Vorkommen, das zuerst den Semionotus Bergeri Ag. geliefert hat.

Dieses Leitfossil hat sich bis jetzt im *Steigerwald* noch nicht vorgefunden, dagegen ist von andern organischen Resten am *Schwanberg* Voltzia Coburgensis v. Schaur. und ein Stück des Unterkiefers eines Belodon, am *Frankenberg* der Abdruck eines 0,015 Meter grossen Zahnes gefunden worden. Muschelartige Reste, wie sie auch aus andern Gegenden (z. B. *Würtemberg*) beschrieben werden und mir aus Coburg vorgelegen haben, dürften bei dem zur Erhaltung wenig tauglichen Material als „unbestimmbar" zu bezeichnen sein.

Die ausserordentliche Verschiedenheit in der petrographischen Beschaffenheit der Sandsteinlagen in diesem Niveau, erhellt am besten durch das folgende, einem Hohlwege bei *Unter-Steinach* (an der *Würzburg-Bamberger* Strasse in der Nähe von *Kloster Ebrach*) entnommene Profil: dasselbe ward in das oben gegebene allgemeine Profil deshalb nicht aufgenommen, weil theilweise Bewaldung und Rasenüberzug eine mit den übrigen Vermessungen übereinstimmende Genauigkeit nicht gestattete.

Es folgen sich an unserm Beobachtungspunkt von oben nach unten:

21. Sandstein, aus weissen und rothen kleinen Quarzkörnern fast ohne Bindemittel, nur mitunter kleinere grüne thonige (oder pinitoidische?) Stellen und sehr sparsam eingestreute weisse Glimmerblättchen enthaltend, zu einem schönen weissen Sand zerfallend   3,00.
20. Rothe Letten . . . . 2,00.
19. Sandstein, ähnlich dem unter Nr. 21 aufgeführten, jedoch die fleischfarbenen Partikelchen vorherrschender, ebenfalls oft zu Sand zerfallend. Kärgliche weisse Glimmerblättchen treten auch auf, sowie kleine schwarze auf Mangan reagirende Stellen . 3,00.
18. Rothe und grüne Letten in unbestimmtem Wechsel   3,00.
17. Unbestimmt grün und roth gefärbte, harte Bank mit Säuren schon in der Kälte bedeutend brausend. Unter der Loupe lässt sie sehr vorwaltend weisse, untergeordnet rothe Quarzkörnerchen von zusammengefrittetem Aussehen erkennen. Selten ganz unbedeutende grüne thonige Stellen, noch seltener weisse Glimmerblättchen . . . . 0,30.
16. Rothe Letten . . . . : 1,00.
15. Weisser Sandstein, sehr feinkörnig mit nur wenig rothen Punkten in dünnen Lagen (0,005—0,01 Meter). Gedeckt durch einen gröbern Sandstein, bei dem die rothe Färbung vorwaltender wird und auch öfters ein Zerfallen in Sand auftritt . . . . 3,00.

14. Massiger Sandstein mit vorwaltend weissen Körnern, die Verwitterungskruste röthlich und schwärzlich, wie denn auch durch die gesammte Masse kleine schwarze auf Mangan reagirende Punkte neben äusserst seltenen weissen Glimmerblättchen verbreitet sind . . . . 0,30.

13. Mürber „unreifer" Sandstein, die weissen Körner mit röthlichen und schwärzlichen schmierigen Massen überzogen. Weisse Glimmerblättchen selten. Keilförmige in einen groben Sand aufgelöste Partien durchziehen gänzlich gesetzlos die Lagen . . 0.90.

12. Rothe Mergel . . . . 0,17.

11. Violeter Sandstein, unter der Loupe rothe und schmutzigweisse Körner, selten weisse Glimmerblättchen erkennen lassend. In unregelmässige Brocken abgesondert, mit rother und grüner Färbung der Klüfte, beim Anhauchen stark thonig riechend . . . . 0,40.

10. Rothe, bisweilen sehr sandige Letten. Die sandigen Partieen mitunter in dünnen Sandsteinbänkchen concentrirt . . . . 2,50.

9. Sandstein, in mehrere einzelne Lagen geschieden, die obern feinkörniger, homogener, die untern mit häufigen Stellen einer grünen (pinitoidischen?) Masse. Weisse Glimmerblättchen stets selten, relativ am häufigsten in der untersten Lage . . 3,00.

8. Rothe Letten . . . . 1,00.

7. Dünnschiefriger Sandstein. Die untern Lagen verhältnissmässig dicker mit schmutzig-violeten Streifen im Sinne der Schichtung, nach oben Schichten von nur 1 Millimeter (und darunter) Stärke. Weisse Glimmerblättchen häufig, namentlich auf den Schichtungsflächen, die auch eine intensivere rothe Färbung aufweisen . . . . 0,90.

6. Rothe Letten . . . . 1,30.

5. Massiger Sandstein in drei Lagen geschieden, röthlich - weisse Grundmasse mit rötheren Streifen, die-
unterste Lage weisser, durch kleine schwarze Man-
ganpartien förmlich getigert . . . . 1,00.

4. Rothe Letten nach oben grün . . . . 2,00.

3. Bröckelige schmutzig grüne, mitunter auch röthlich
gefärbte, lettige Sandsteinbank mit zahlreichen
unregelmässig vertheilten Glimmerblättchen. . . 0,06.

2. Rothe Letten . . . . 0,05.

1. Bröckeliger Sandstein, noch thoniger als Nr. 3. . 0,15.

Rothe Letten von den *Lehrberger* Schichten unterteuft.

Gümbel giebt in dem 11. Heft des 4. Bandes der Bavaria
ein Profil für den fränkischen Stuben - und Semionotus - Sandstein, das mit Auslassung der näheren Gesteinsbeschreibung
hier folgen möge, wobei die Mächtigkeitsangaben behufs besserer
Vergleichung in Meter umgerechnet wurden.

Stubensandstein.

    α.) Letten mit Steinmergeln und wenigen san-
          digen Einlagerungen . . . . . . 7,25.

    β.) Arkose und Dolomitsandstein . . . . 5,80.

    γ.) Letten . . . . 7,25.

    δ.) Hauptstubensandstein . . . . 5,80.

    ε.) Letten . . . . 8,70.

    ζ.) Kellersandstein . . . . 7,25.
                                       42,05.

Semionotus - Sandstein.

    α.) Letten . . . . 8,70.

    β.) Semionotus - Sandstein (2,90 bis 5,80), im
          Mittel . . . . 4,35.

    γ.) Letten und krystallisirter Sandstein (8,70
          bis 23,20) im Mittel . . . . . . 15,95.

    δ.) Sandsteinbänke von krystallinischem Ha-
          bitus (0,87 bis 3,48) im Mittel . . 2,17.
            (21,17 bis 41,18) im Mittel $=$ 31.17.

            (63,22 bis 83,23) im Mittel $=$ 78,22.

Versucht man an der Hand der Gesteinsbeschreibungen und der Mächtigkeiten (welche jedoch, wie die Angaben für die Etage des Semionotus zeigen, hier wenig Constanz aufzuweisen haben), eine Parallelisirung dieses Profils mit dem oben gegebenen von *Unter-Steinach*, so scheint es mir am wahrscheinlichsten, dass wir mit Nr. 21. des *Unter-Steinacher* Profils bereits den „Kellersandstein" Gümbel's (ζ der Stubensandstein- (Lage) erreicht haben. Von typischem „Hauptstubensandstein" kann nach meinen, allerdings vereinzelten Beobachtungen erst bei *Grasmannsdorf* (c. 4 Stunden von der besprochenen Aufnahmsstelle gegen Osten, also in der Richtung des Einfallens der Schichten, gelegen) die Rede sein.

Vielleicht gruppiren sich dann die unter Nr. 21. liegenden Schichten so, dass die Lager der krystallisirten Sandsteine (γ der Gümbel'schen Semionotus-Etage) in Nr. 5 bis 14, der typische Semionotus-Sandstein (β, Gümbel) in Nr. 15 bis 17 zu suchen sind. Es sei jedoch wiederholt, dass sowohl der Mangel an charakteristischen Steinmergelbänken, als das Nichtauffinden des Semionotus und der Steinsalz-Pseudomorphosen im Profile von *Unter-Steinach* eine solche Parallelisirung zu einem blossen Versuche machen, der erst dann Anspruch auf mehr Beachtung verdient, wenn es an einer günstigeren Stelle gelungen ist, den Anschluss an typischen Stubensandstein zu gewinnen.

Steinsalz-Pseudomorphosen habe ich im *Steigerwalde* in zwei verschiedenen Schichten gefunden: einmal in einem weissen Sandsteine mit seltenen eingestreuten Blättchen eines weisser Glimmers und röthlichbrauner Verwitterungskruste. Am häufigsten und mit den grössten Würfeln bedeckt findet sich derselbe in losen Blöcken bei *Hohen-Birkach* (unweit *Kloster Ebrach*). Von den Varietäten des *Unter-Steinacher* Profils steht ihm Schicht Nr. 14. petrographisch am nächsten, ohne dass ich es wagte, geradezu eine Identität beider Vorkommnisse anzunehmen.

Das andere Vorkommen der Würfel gehört der Oberfläche einer dünnen, mit Säuren stark brausenden kalkig-sandigen, schmutzig-grünen Schicht an, die bei *Buch* (wenig entfernt von *Hohen-Birkach*) in folgendem kleinen Profil ansteht:

Ackererde 0,20
Dünnschiefrige grauschwarze Letten . . 0,05
Dichter grauer Kalk 0,20
Letten wie oben 0,30
Kalk wie oben 0,06
Letten wie oben 0,15
Schicht mit Steinsalz-Pseudomorphosen . 0,07
Letten im Grunde der Grube.

Wie bei dem erstern Vorkommen das Auftreten in losen Blöcken, so verbietet hier die Unmöglichkeit des Bezugs auf eine bekannte Schicht die sichere Einreihung des fraglichen Niveaus in das allgemeine Profil.

Messungen aus dem Gebiete der Stubensandsteine und der von ihnen wiederum durch eine Lettenbildung getrennter Palissyen-Sandsteine müssen zukünftigen Untersuchungen vorbehalten bleiben.

KEUPERBILDUNGEN ANDERER GEGENDEN.

Der Schilderung der Keuperbildungen im *Steigerwald* mag sich eine kurze Parallelisirung mit den entsprechenden Formationen anderer Gegenden anschliessen, soweit mir die eingehendere Literatur zugänglich gewesen ist.

Keuper im übrigen Franken. — Gümbel [1]) hat ein Profil des fränkischen Keupers gegeben, mit dem sich das oben aufgestellte in vollkommener Uebereinstimmung befindet, nur dass das unsrige für die untersten Stufen bis zum Schilfsandstein eine viel bedeutendere Mächtigkeit als die von Gümbel angegebene (150 Fuss) aufweist. Es ist genugsam auf die locale Verschiedenheit der Mächtigkeiten der gypsführenden Etagen hingewiesen worden, um eine solche Differenz nach den verschiedenen Beobachtungsstellen erklärlich zu finden. Dass der Berggyps in unserm Rayon so gut wie fehlt, ist auch bereits an der betreffenden Stelle hervorgehoben worden.

Hinsichtlich der von Gümbel angenommenen Parallelisirung der *Lehrberger* Schichten mit den *Würtemberger* Vorkommnissen bei *Ochsenbach* und denen von *Gansingen* [2]) im *Aargau*, bin ich, fussend auf die seitdem publicirten Specialprofile von Paulus und Bach zu andern Resultaten gekommen,

---

[1]) Die geognostischen Verhältnisse des fränkischen Triasgebiets. Bavaria. 4. Band. 11. Heft. München 1865.

[2]) L. c. Seite 51 u. 62.

die bei der kurzen Beleuchtung des *Schweizer* und *Würtemberger* Keupers ihre Erörterung finden sollen. Gegen Osten ändert sich nach G ü m b e l die Anordnung der Keuperschichten der Art, dass (Profil bei *Schwingen*, südlich von *Kulmbach*, Seite 56. und 57.) zwischen den gypsarmen Lettenschiefern, die dem Gränzdolomit aufgelagert sind, Kieselsandsteine auftreten, die nach oben Bänke voll der in unserm Profil aus anderem Niveau bekannten Kochsalzpseudomorphosen aufweisen. Die Ueberlagerung dieser Sandsteine durch den typischen Schilfsandstein bei *Forstlahm* schliesst die Möglichkeit eines Irrthums in Bezug auf ihre Stellung aus. Im weitern Verlauf nach Südosten keilen sich die Schilfsandstein - und Semionotussandstein - Etagen vollkommen aus, während der bei uns nicht vertretene Kieselsandstein der untern Etage an Mächtigkeit gewaltig zunimmt (bis 120 Fuss).

Die *Lehrberger* Schicht lässt sich über den an Berggyps reichen Mergeln der höhern Etage bis in die Gegend von *Kulmbach* verfolgen.

Thüringen. — Sind so im Osten bedeutende Veränderungen der Facies des Keupers gegeben, so verknüpft im Gegentheile eine bis in's Detail gehende Uebereinstimmung unsern Keuper mit dem südlichen *Thüringens,* dessen Schilderung ich namentlich den klaren Arbeiten C r e d n e r ' s [1]) und v. S c h a u r o t h ' s [2]) entnehme. Die Unterlage bildet, überall erwähnt, der Gränz-Dolomit, ihm aufgelagert erheben sich die Letten, genau mit denselben, bald mächtigen, bald unbedeutenden Gypseinlagerungen bis zum Schilfsandstein, nach den Messungen v. S c h a u r o t h ' s freilich

---

[1]) Versuch einer Bildungsgeschichte der geognostischen Verhältnisse des Thüringer Waldes. Zur Erläuterung der geognostischen Karte des Thüringer Waldes. Gotha 1855.

[2]) Uebersicht der geognostischen Verhältnisse des Herzogthums Coburg und der anstossenden Ländertheile als Erläuterung zur geognostischen Karte. Zeitschr. d. deutsch. geol. Ges. 5. Bd. 1853. Seite 698 u. ff.

weit weniger mächtig, als bei uns (30 Meter gegen 181,55 Meter unsers Profils). Vergypsungen des Dolomits werden von vielen Punkten durch Credner beschrieben. Die Bleiglanzbank erwähnt weder v. Schauroth noch Credner, wohl aber ist sie durch Schmid in einem Profil des Erfurter Steinsalzschachtes [1]) fixirt worden, der die unterste Abtheilung des Keupers, die Lettenkohle und den Muschelkalk bis zur Anhydritgruppe durchsinkt. Sie liegt hier 48,51 Meter über der Lettenkohlenformation gegen 33,10 Meter bei *Hüttenheim*. Eigenthümlicher Weise fehlt in diesem Profil der Gränz-Dolomit vollständig und die Letten mit Gyps sind direct dem Hauptsandsteine der Lettenkohle aufgelagert. Da hiedurch das die Mergel der Lettenkohle und des Keupers trennende Signal fehlt, so ist vielleicht ein Theil der 48 Meter Letten noch der unterteufenden Formation zuzurechnen, so dass die Mächtigkeit der untersten Etage übereinstimmender mit der in unserm Profil angegebenen würde. Das Vorkommen der Bleiglanzbank bei *Greussen* nördlich von *Erfurt* ward bereits oben erwähnt.

Ueber dem Schilfsandsteine schildern sowohl v. Schauroth als Credner die *Lehrberger* Schichten [2]). Von der vollkommenen Identität derselben von *Neuses* bei *Coburg* mit den unsrigen in Bezug auf petrographisches Aussehen, paläontologische und mineralogische Einschlüsse konnte ich mich auch an Stücken überzeugen, die Herr v. Schauroth mir gütigst zusandte. Ein Unterschied liegt blos darin, dass v. Schauroth, die mit unserer mittlern Bank (Nr. 47. des Profils) übereinstim-

---

[1]) Schmid, die Gliederung der obern Trias nach den Aufschlüssen im Salzschacht auf dem Johannisfelde bei Erfurt. Zeitschr. d. d. geol. Ges. 16. Bd. 1864. Seite 145 u. ff.

[2]) Schon Berger beschreibt in seinem 1832 erschienenen Werke: „Die Versteinerungen der Fische und Pflanzen im Sandsteine der Coburger Gegend" unsere Lehrberger Schichten ausserordentlich treffend mit den Worten: „Dieser Dolomit ist grünlichweiss, steht etwa 4½ Zoll hoch und hat in seiner Mitte ein feinblätteriges zelliges Gewebe, wie Tuff, in welchem man hie und da kleine Turbinitenkerne bemerkt."

mende Schicht als die zu höchst gelegene angiebt, unterteuft
von einer kalkigen und einer dolomitischen Lage. Berggyps
wird als selten vorhanden angegeben und die nächst höhere
Sandstein-Etage, die Original-Lagerstätte des Semionotus Bergeri
Ag. in vollkommener Uebereinstimmung mit den Resultaten
unsres Profils mit der untern Abtheilung der „weissen Sandsteine" in *Würtemberg* parallelisirt. Diesem Sandsteine folgen
wieder Letten mit Gyps, in diesem Niveau im *Steigerwald* mir
unbekannt, und 5 Meter höher schwache Lagen eines mit Wellenfurchen übersääeten Sandsteins, der Etage nach unserm krystallisirten Sandsteine wohl entsprechend; ihm folgt Stubensandstein und diesem ein Wechsel von Kalkstein, dolomitischem
Kalkstein, Dolomit, kieseligem und grobem Sandstein, bis rothe
Letten, vom Palissyen - Sandsteine überlagert, den Keuper
schliessen. Im Norden *Thüringen's* ändert sich das Aussehen
des Keupers nach Credner gänzlich durch das Fehlen der
Sandsteinbildungen. Bunte Mergel und Zwischenlagen von „Thon-
quarz" bilden allein die kleinen Becken unserer Formation im
Norden des *Thüringer Waldes.* .

Würtemberg. — Eine gedrängte Uebersicht der Keuper-
Vorkommnisse *Würtemberg's* geben ausser den v. Alberti'schen
Fundamental - Werken namentlich noch Quenstedt, das
Flözgebirge Würtemberg's (2. Ausgabe. Tübingen 1851.), dessen
„Geologische Ausflüge in Schwaben" (Tübingen 1864.), die
Binder'schen Arbeiten über den *Heilbronner* Tunnel, die Be-
gleitworte von Paulus und Bach zu den Blättern Besigheim
und Maulbronn der geognostischen Specialkarte Würtemberg's
(herausgegeben vom k. topogr. Büreau. Stuttgart 1865.), mehrere
in den Würtembergischen Jahresheften enthaltenen Aufsätze von
Fraas und Bruckmann's „Die neuesten artesischen Brunnen
in der Schäuffelen'schen Fabrik zu Heilbronn" (1861.).

Die Unterlage der Keuperbildungen bildet, wie in *Franken*
und *Thüringen*, der Gränz-Dolomit, ihm aufgelagert sind
mit denselben Erscheinungen gelegentlicher Vergypsung der

Unterlage die zwei untersten Etagen der Letten mit ihren Gypsen. Von den diesem Niveau eingelagerten Bänken ist es die Blei- glanz-Schicht mit ihren charakteristischen Mineral- und Petrefacten-Einschlüssen, die von verschiedenen Fundorten mit vollkommenster Sicherheit constatirt ist. Neben ihr werden noch mehrere erwähnt, ohne dass es nach der blossen Beschrei- bung gelänge, eine Uebereinstimmung mit einer der in unser Profil aufgenommenen nachzuweisen. Dagegen stimmt eine von Paulus und Bach[1]) bei *Katharinen-Plaisir* angegebene Schicht (1 Fuss mächtig) petrographisch sehr gut mit den Vorkomm- nissen von *Zeil* und *Zeuln* (Nr. 29 unsres Profils) überein, wie ich mich an selbst gesammelten Exemplaren überzeugt habe. Sie enthält an organischen Resten Cardinia und Modiola.

Der Schilfsandstein zeigt die vollkommenste Ueberein- stimmung in Farbe und Einschlüssen mit dem fränkischen.

Zwischen Schilfsandstein und Semionotussandstein geben Quenstedt und Fraas übereinstimmend eine „Muschelbank" an, aus der Fraas[2]) Paludinen-Reste beschreibt. Es würde diese Bank unsrer *Lehrberger* Schicht entsprechen. Im *Strom- berg* dagegen beklagen Paulus und Bach den Mangel einer charakteristischen Schicht in diesem Niveau. Und in der That ist es mir bei einem allerdings flüchtigen Besuch dieses Gebirges auch nicht gelungen in den bunten Letten dieser Etage eine unsrer Petrefacten-Bank ähnliche Schicht zu entdecken, obgleich die Etage beispielsweise am Abhange des *Michelsberges* gut aufgeschlossen ist. Dagegen stehen hier mehrere unsern dichten Steinmergelbänken dieses Niveaus sehr ähnliche Schichten an.

In den Letten zwischen Schilf- und Semionotus-Sandstein ist in *Schwaben* der Berggyps häufiger als in *Franken* ent- wickelt. Ueber demselben giebt Quenstedt von *Tübingen* und *Stuttgart*, Paulus und Bach aus der Umgegend von *Löwen- stein* (Letztere mit der Bemerkung „oft fehlend") als nächste

---

[1]) Seite 16. der „Begleitworte".

[2]) Würtembergische Jahreshefte. 17. Jahrg. 1861. Seite 81.

Sandstein-Etage krystallisirten Sandstein[1]) an. Es würde demnach das Auftreten der Steinsalz-Pseudomorphosen in *Würtemberg* in ein anderes Niveau fallen als in *Franken*, denn wenn auch nicht angegeben werden kann, wie hoch über der untern Gränze des Semionotussandsteins die Schicht bei uns liegt, so ist doch gewiss, dass sie nicht in das unterste Niveau desselben fällt. Erscheinungen, die wie Wellenfurchen (und diese sind in *Würtemberg* mit dem Auftreten der Steinsalz-Pseudomorphosen verknüpft) ein seichtes Meeresufer zu ihrer Bildung voraussetzen, können wohl auch kaum Anspruch auf grosse Verbreitung erheben, sondern sind als locale Ausbildungen einer Schicht anzusehen, die an entfernteren Punkten ohne solche Erscheinungen entwickelt sein kann, wie denn auch *Oberfranken* die Pseudomorphosen nach Gümbel's Profil in einem gänzlich verschiedenen Niveau aufweist.

Den Letten, welche den Schilfsandstein bedecken, lassen Paulus und Bach als nächste Etage die „weissen Sandsteine" folgen und zerfällen dieselben von unten nach oben in folgende drei Etagen: 1.) Bausteine, 2.) kieselige conglomeratartige Sandsteine, weniger bauwürdig, 3.) Stubensandsteine. Die Funde von Semionotus Bergeri Ag. bei *Hohenhaslach* und *Ochsenbach* in der untersten Sandsteinlage identificiren dieselbe zweifellos mit dem *Coburger*, *Fränkischen* und *Stuttgarter* Semionotus-Sandstein, und erst über dieser untersten Etage geben die Verfasser eine „gastropodenreiche Schicht" an. Diese bei *Ochsenbach* sehr schön entwickelte, aber nicht anstehende Bank wurde von ihnen bei der Ruine *Blankenhorn* in ein Profil aufgenommen, von dessen musterhafter Genauigkeit ich mich bei Gelegenheit eines Ausflugs in den *Stromberg* überzeugen konnte. Es würde hiernach eine Identificirung dieser Schicht mit der Muschelbank zwischen Schilf- und Semionotus-Sandstein nicht zulässig sein (wie sie Fraas in seiner oben citirten Abhandlung anzunehmen scheint) und ebenso wenig

---

[1]) Aus diesem erwähnt Quenstedt auch das Vorkommen v. Estheria.

die Zusammenstellung dieser Schicht von *Ochsenbach* mit unsrem
Lehrberger Niveau. Wo sie bei uns zu suchen ist (vielleicht
Nr. 17. des Untersteinacher Profils auf Seite 57?) und ob sie
überhaupt entwickelt, das zu entscheiden fehlen mir bis jetzt
die nöthigen Anhaltspunkte.

Schweiz. — Die Arbeiten von Moesch[1]) geben durch
die vielen Profile am ehesten Anhaltspunkte zum Vergleich der
einschlagenden Formationsglieder in der Schweiz. Am meisten
interessirt in der Reihe der Schichten der bekannte dolomitische Kalk von Gansingen durch seinen Reichthum von
Petrefacten und die Controversen über das Niveau desselben.
v. Alberti stellt ihn nach der Uebereinstimmung der Petrefacten, namentlich der Avicula Gansingensis mit den oben
besprochenen *Ochsenbach*-Schichten zusammen, und er würde
sich zugleich mit diesem seinem Aequivalent über dem Semionotus-Sandstein gelagert in unser Profil einordnen. Unterteuft
wird er nach Moesch's Profil von *Gansingen* durch eine Sandsteinlage, die wegen ihres Einschlusses von Equisetum und
Pterophyllum mit dem Schilfsandstein parallelisirt wird. Da
aber der mächtige Sandstein von *Hemmiken* nach Moesch
tiefer liegt, so wäre es nicht unmöglich, dass uns in dem *Gan-
singer* Sandstein ein Aequivalent der Schichten mit Semionotus
gegeben ist, während der pflanzenreiche Sandstein von *Hemmiken* dem Schilfsandstein *Würtemberg's* und *Franken's* entspräche.
Bei dem letztern wiederholt sich auch die an den fränkischen
Sandsteinen gemachte Beobachtung, dass die rothe Farbe bei
an Pflanzen armen Varietäten vorkommt, während graue Färbung Pflanzenreichthum anzeigt.

Die Gränze gegen die Lettenkohlen-Formation legt Moesch
höher als gewöhnlich geschieht, indem er einen bunten Wechsel

---

[1]) Das Flözgebirge im Canton Aargau. 1. Theil. 1856.
Geolog. Beschreibung der Umgebungen von Brugg. Aarau 1867.
Beiträge zur geol. Karte der Schweiz. 4. Lieferung. Geol. Be-
schreibung des Aargauer Jura. Bern 1867.

von Alaunschiefern, Dolomiten und Gypsen wegen des Vorkommens von Estheria vom Keuper ausschliesst und noch der Lettenkohlen-Formation beirechnet. Nun bildet aber sein „gelber dolomitischer Kalk mit vielen Muscheln, Knochen und Zähnen, Ceratodus Kaupii" einen ausgezeichneten Horizont, vollkommen unserm Gränz-Dolomit entsprechend. Es werden dann die darüber liegenden Gypse dem Keuper einverleibt, und das Vorkommen der Estheria hat in *Franken* und *Thüringen* ja auch Analogien. Ob diese unserer Keuper-Estheria entspricht, kann ich nicht entscheiden. Vielleicht sind dann auch bei Annahme einer Lettenkohlenbildung o h n e Gyps im Profil des *Hauenstein*-Tunnels, das ich nur aus der kurzen Notiz von G r e s s l y [1]) und aus der theilweisen Reproduction in V o g t's Geologie [2]) kenne, die als „Salzthon und Gyps" bezeichneten Schichten bereits dem Keuper zuzuweisen, wie denn auch B i n d e r auf die frappante Aehnlichkeit der Gesteine des *Hauenstein*-Tunnels mit denen des *Heilbronner* hinweist.

Alpen. — Die Analogien, welche einige Schichten unsers Keupers mit Straten in den Alpen aufzuweisen haben, sind bereits bei der Besprechung des Profils des Weiteren hervorgehoben worden. Die zuerst von v. A l b e r t i versuchte Parallelisirung der *St. Cassian*-Schichten mit unseren Gränz-Dolomit hat hoffentlich neue Stützpnnkte erhalten. Ihm folgt die Bleiglanzbank als ein Aequivalent derjenigen *Raibler* Schichten, welche die Myophoria etc. führen, und endlich repräsentirt die

---

[1]) Verhandlungen d. naturforschenden Gesellschaft in Basel. 1. Heft. 1854. Seite 92, abgedruckt in Leonhard und Bronn, Jahrbuch 1856. Seite 84.
[2]) 3. Auflage 1867. Seite 412. Bei dieser Gelegenheit sei eines Irrthums Erwähnung gethan, der sich in das citirte Lehrbuch hinsichtlich der Stellung der Bleiglanz-Bank mit Myophoria Raibliana etc. eingeschlichen hat, indem dieselbe u n t e r den Gränz-Dolomit verwiesen wird, den sie in Wirklichkeit überlagert. Die enge Verknüpfung der Notiz mit S a n d b e r g e r s Namen machte mir diese Correctur zur Pflicht.

Lehrberger Schicht das bis jetzt ganz local nur beobachtete Vorkommen der Straten von *Heilig-Kreuz*.

Frankreich. — Ueber die französischen Keuperbildungen giebt die grossartige Arbeit von D u f r e n o y und E l i e d e B e a u m o n t [1]) die besten Aufschlüsse und reichhaltigsten Profile. Daneben würde etwa noch D a u b r é e's Description geologique et mineralogique du département du Bas Rhin (Strasbourg 1852) anzuführen sein.

Unter Annahme der Identität des Dolomits, an welchen v. A l b e r t i B e a u m o n t's Namen geknüpft hat, mit unserm Gränz-Dolomit, wofür die petrographische Beschreibung des französischen Gesteins (p. 70. des B e a u m o n t'schen Werkes) zu sprechen scheint, unterliegt die unterteufende Lettenkohlenformation einer wesentlich anderen Ausbildung durch das Auftreten einer Anhydritgruppe, welche die reichen Steinsalzlager von *Vic, Dieuze* etc. beherbergt. Ueber dem „Horizont Beaumont's" und unter den zum Lias gehörigen Gryphiten-Mergeln werden von vielen Stellen Letten mit vorwiegend grünen Farbentönen und eingelagerten Dolomitbänkchen beschrieben. Sandsteine, die an der Gränze auftreten, scheinen schon dem Infra-Lias anzugehören, so dass sich die französische Keuperformation im schroffsten Gegensatze zu der Manchfaltigkeit der sie unterteufenden Lettenkohlenformation sehr ärmlich entwickelt zeigt.

---

[1]) Explication de la carte géologique de France. Paris 1848.

METHODEN DER MESSUNG.

Es erübrigt noch in wenig Worten Rechenschaft über die bei der Messung der Profile befolgten Methoden abzulegen.

Die schon oben geschilderte Art und Weise des Anstehens unserer Schichten in Hohlwegen machte eine directe Messung derselben unmöglich und ebensowenig konnte durch alleiniges minutiöses Eintragen in die Karte ein Schluss auf die Mächtigkeit gemacht werden, da leider Kurvenkarten des untersuchten Landestheiles noch nicht vorhanden sind.

Es blieb demnach kein Ausweg, um die Lücken zwischen Gränz-Dolomit und Schilfsandstein und zwischen diesem und dem Semionotussandsteine auszufüllen, als indirecte Messungen, entweder mit Schnur und Gradbogen oder mit dem Nivellirinstrument vorzunehmen.

Beide Methoden kamen zur Anwendung und zwar die erstere bei der Bestimmung der Mächtigkeiten zwischen Gränz-Dolomit und Bleiglanzbank im sogenannten Herdwege östlich von Hüttenheim, dem Tannenberg zulaufend, die andere zur Bestimmung der Schichten zwischen der Bleiglanzbank und dem Schilfsandstein auf dem Wege von der Iphofener Ziegelhütte zu den Brüchen am Schwanberg, sowie in dem Hohlweg, der von Schönaich zur Schönaicher Höhe führt, zur Vermessung der Mächtigkeit der Schichten zwischen Schilfsandstein und Semionotussandstein.

Allen Aufnahmen muss aber die Bestimmung des Streichens und Fallens des Schichtensystems voraugehen, da ja nicht die Mächtigkeit in der Verticale zur Horizontalebene, sondern in der zur Fallebene bestimmt werden müssen. Die gewöhnlichen Methoden zur Bestimmung des Streichens und Fallens vermittelst Compasses und Klinometers erscheinen im vorliegenden Fall zu ungenau, da über dieser Ebene sich die gesammte Höhe des Schichtencomplexes aufbaut, Ungenauigkeiten also, wie sie bei der gewöhnlichen Methode der Bestimmung geradezu unvermeidlich sind, zu grosse Fehler in der Mächtigkeits-Berechnung nach sich ziehen würden. Es wurde deshalb Streichen und Fallen an allen drei Stellen durch Einnivelliren dreier Punkte einer Schicht gewonnen. Die Bleiglanzbank am ersten und zweiten Vermessungsort, die *Lehrberger* Schicht am dritten Beobachtungsort gaben sich durch ihre regelmässige Oberfläche und ihr weithin zu verfolgendes Durchstreichen der Hohlwege als die zu dieser Bestimmung geeignetsten Schichten zu erkennen. Angewandt ward dabei das Nivellirinstrument, da die Entfernungen der drei Punkte in der Regel zu nah gewählt werden mussten, das Fallen der Schicht auch zu gering war, um von dem der Schnur angehängten Gradbogen zuverlässige Angaben erwarten zu können. Es wird demnach im Allgemeinen das Nivellirinstrument der Schnur mit Gradbogen vorzuziehen sein, einmal um bei einer und derselben Vermessung nicht zweierlei Instrumente anzuwenden, dann weil man, wenn man die Schichten nicht auch noch in ihrer Horizontalprojection zeichnen will, gänzlich auf die Vermessung ihrer Horizontal-Abstände verzichten kann, während diese bei Schnur und Bogen natürlich wichtige Berechnungselemente sind.

Sind die drei Punkte einer Schicht durch ihre gegenseitige Höhe und Entfernung gegeben, so eröffnet sich ein doppelter Weg zur Bestimmung der Richtung und Grösse des Fallens: der der Construction und der der Berechnung [1]).

---

[1]) Es bedarf wohl nicht erst der besondern Betonung, dass die folgenden Ableitungen keinen Anspruch auf Originalität machen: sollen sie doch lediglich den bei der Untersuchung eingeschlagenen Weg schildern. Bauernfeind's Vermessungskunde (2. Aufl. 2. Bd. p. 684)

Obgleich nun der letztere unstreitig der genaueste, so ist
doch der erstere für gewöhnliche Zwecke als genügend genau
zu bezeichnen und hat den Vortheil einer bequemen, nicht durch
langes Rechnen erschwerten Lösung.

Fig. 1.

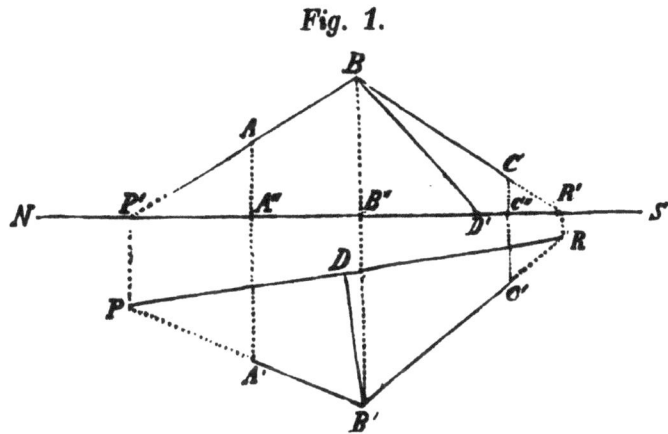

Sei A, B, C in Fig. 1. die Verticalprojection der betreffenden Punkte, A', B', C' ihre Horizontalprojection, so orientirt
man die letztere am besten so, dass die die beiden Projectionen
trennende Achse NS die Nordsüdlinie ist. Verlängert man jetzt
AB und BC bis zur NS, errichtet in P' und R' Perpendikel
auf NS, welche die Verlängerungen von $A'B'$ und $B'C'$ in P
und R schneiden, so ist PR die Spur der Fallebene, d. h·
ihre Durchschnittslinie mit der Horizontalebene.

Fällt man nun von einem der drei Punkte A', B', oder C'
z. B. von B' ein Perpendikel auf die Spur, so ist $B'D$ der eine
der beiden den Fallwinkel bildenden Schenkel. Um den andern
zu erhalten, macht man $B''D' = B'D$, zieht BD', so ist $BD'B''$
der gesuchte Fallwinkel, denn wir haben durch den letzten Theil
der Construction die Fallebene so gedreht, dass ihre Spur in
der Horizontalebene senkrecht auf NS steht. Wir sehen dann

---

hat die Anhaltspunkte zum Constructionswege geliefert, während bei
Aufstellung der Formeln zur Berechnung mein Freund, Herr Hermann
Grabau, mich sehr wesentlich unterstützte.

den Fallwinkel vollkommen im Profil, da der Punkt B um den Werth BB'' über der Horizontalebene erhaben ist.

Fig. 2.

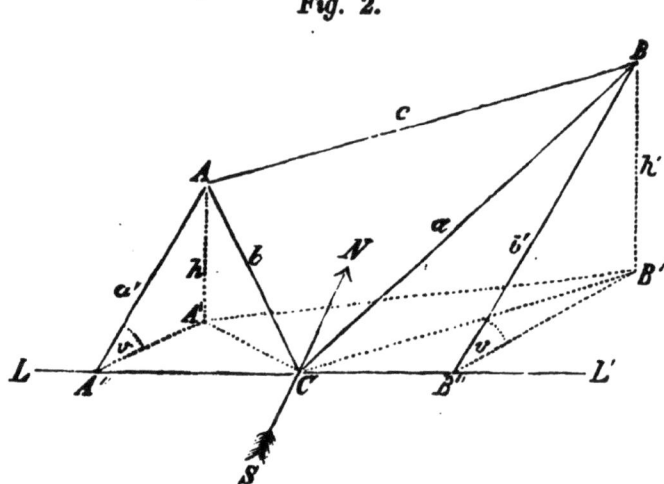

Behufs der Berechnung seien in Fig. 2. A, B und C die drei einnivellirten und nach ihrer Lage gegen die Nord-südlinie NS bestimmten Punkte. Fällt man von den beiden höher gelegenen Punkten (in unserem Falle A und B) auf die durch den niedrigsten Punkt (in dem dargestellten Beispiele C) gelegte Horizontalebene die Senkrechten AA' und BB', sowie auf die Streichlinie LL' die Perpendikel AA'' und BB'' und zieht $A'A''$, $A'C$, $B'B''$ und $B'C$, so sind gegeben:

$$BC = a$$
$$CA = b$$
$$AB = c$$
$$AA' = h$$
$$BB' = h'$$
$$\text{und} \quad \angle NCA'$$

durch directe Messung und Ablesung am Compass.

Gesucht wird dagegen:

$$\text{I.)} \quad \angle AA''A' = \angle BB''B' = \angle v,$$

der Fallwinkel.

II.) $\angle\, N\,C\,A'' = \angle\, s$,

der Winkel zwischen Streichlinie und Nordsüdlinie [1]).

I.) Aus Dreieck $A\,B\,C$ berechnet sich nach bekannter Formel

$$\operatorname{tg} \tfrac{1}{2}\, B\,C\,A = \sqrt{\frac{(\tfrac{1}{2}\,\Sigma - b)(\tfrac{1}{2}\,\Sigma - a)}{\tfrac{1}{2}\,\Sigma(\tfrac{1}{2}\,\Sigma - c)}} \quad (1.)$$

wenn $\Sigma = a + b + c$.

Eine Berechnung von $\angle\, C\,A\,B$ und $\angle\, A\,B\,C$ nach entsprechend gebauten Formeln würde zu einer Controle der Richtigkeit der Messungen von a, b und c führen, indem die Summe der drei so gefundenen Winkel 180° betragen müsste.

Es lassen sich nun, wenn man noch $A\,A'' = a'$ und $B\,B'' = b'$ einführt, die fünf Formeln

$$\frac{h}{a'} = \sin v \;(2.) \qquad \frac{h'}{b'} = \sin v \;(3.)$$

$$\frac{a'}{b} = \sin A\,C\,A''\;(4.) \qquad \frac{b'}{a} = \sin B\,C\,B''\;(5.)$$

$$\angle\, A''\,C\,A + \angle\, A\,C\,B + \angle\, B\,C\,B'' = 180^{\circ}\;(6.)$$

aufstellen, welche fünf Unbekannte ($\angle\, v$, a', b', $\angle\, A''C A$ und $\angle\, B\,C\,B''$) enthalten.

Die Gleichungen (2.) mit (4.) und (3.) mit (5.) multiplicirt geben

$$\frac{h}{b} = \sin v \,.\, \sin A\,C\,A''\;(7.) \qquad \frac{h'}{a} = \sin v\,.\,\sin B\,C\,B''\;(8.)$$

dann (8.) durch (7.) dividirt:

$$\frac{b\,h'}{a\,h} = \cdot\,\frac{\sin B\,C\,B''}{\sin A\,C\,A''}$$

---

[1]) Beschränkt sich der Zweck der Rechnung auf die nothwendige Reduction der gemessenen Mächtigkeiten, so genügt selbstverständlich die Berechnung des Winkels v, da nur die Grösse der Neigung, nicht ihre Richtung bei der geforderten Reduction in Betracht kommt.

woraus folgt:

$$\frac{bh'}{ah} = \frac{\sin(ACA'' + ACB)}{\sin ACA''},$$

$$\frac{bh'}{ah} = \frac{\sin ACA'' \cdot \cos ACB + \cos ACA'' \cdot \sin ACB}{\sin ACA''},$$

$$\frac{bh'}{ah} = \cos ACB + \frac{\cos ACA''}{\sin ACA''} \cdot \sin ACB,$$

$$\operatorname{tg} ACA'' = \frac{\sin ACB}{\dfrac{bh'}{ah} - \cos ACB} \quad (9.)$$

Durch Anwendung einer analogen Formel könnte man auch zur Auffindung von BCB'' gelangen, wodurch sich nach (6.) wiederum eine Controle ergiebt.

Führt man jetzt den Hülfswinkel φ nach der Gleichung

$$\operatorname{ctg} \varphi = \frac{bh'}{ah \cdot \sin ACB} \quad (10.)$$

ein, so wird aus (9.)

$$\operatorname{tg} ACA'' = \frac{1}{\operatorname{ctg} \varphi - \operatorname{ctg} ACB}, \text{ oder}$$

$$\operatorname{tg} ACA'' = \frac{\sin ACB \cdot \sin \varphi}{\sin(ACB - \varphi)} \quad (11.)$$

Aus (7.) ist aber

$$\sin v = \frac{h}{b \cdot \sin ACA''} \quad (12.),$$

worin sich also der $\angle ACA''$ nach (11.), das in dieser Formel enthaltene φ aus (10.) und der $\angle ACB$ aus (1.) berechnet.

II.) Der gesuchte $\angle s$ zwischen der Nordsüdlinie des Compasses und der Streichlinie LL' setzt sich zusammen aus dem durch directe Ablesung gefundenen $\angle NCA'$ und dem durch Rechnung zu findenden $\angle A'CA''$. Es ist nämlich

$$\cos . \, A'CA'' = \frac{A''C}{A'C}$$

$$A'C = b \cdot \cos ACA', \text{ sowie}$$

$$A''C = b \cdot \cos ACA'', \text{ also}$$

$$\cos \cdot A'CA'' = \frac{\cos ACA''}{\cos ACA'} \quad (13.),$$

worin sich $\angle ACA''$ aus (11.), $\angle ACA'$ aber aus

$$\sin ACA' = \frac{h}{b} \quad (14.)$$

berechnet.

ERKLAERUNG DER TAFELN.

Tafel 1. giebt im Massstabe 1 : 800 einen Durchschnitt vom Gränz-Dolomit aufwärts bis zum Semionotus-Sandstein. Einzelne Steinmergel-bänke konnten wegen ihrer geringen Mächtigkeit nicht eingezeichnet werden und wurden deshalb mit den darüber und darunter liegenden Mergeln vereinigt. Die unbestimmte Begränzung zwischen Gränz-Dolomit und dem ihn unterlagernden Gyps soll die so häufig auftretende Vergypsung dieses obersten Gliedes der Lettenkohle darstellen.

Tafel 2. giebt ein Bild des auf Seite 31 näher geschilderten *Hüttenheimer* Steinbruchs im Massstab 1 : 50. — *C* ist die dem hellen Gyps eingelagerte Steinmergelbank, deren Biegungen auf Rechnung der Umwandelung des Anhydrits in Gyps zu setzen sind. Die Einsenkungen der Dammerde bei *A*, die Löcherbildungen inmitten der Gypsmasse bei *D* und *E* und das Auftreten einer kleinen Partie herabgerissener Dammerde bei *F* zeigen leichte Löslichkeit und Durchgänglichkeit des Gypses für Wasser.

INHALT.